OFFERT PAR : par Maman

REÇU LE : 28.01.94

Enid Blyton

Les Cinq Détectives et le camion fantôme

Illustrations de Patrice Douenat

L'ÉDITION ORIGINALE DE CET OUVRAGE
A PARU EN LANGUE ANGLAISE
CHEZ METHUEN CHILDREN'S BOOK LIMITED
SOUS LE TITRE :

THE MYSTERY OF HOLLY LANE

© Methuen Children's Books Limited, 1953.
© Hachette, 1991.
Tous droits de traduction, de reproduction
et d'adaptation réservés pour tous pays.

Hachette, 79, boulevard Saint-Germain, 75006 Paris

Chapitre 1
Le retour de Fatty

« Ma chérie, mange donc tes flocons d'avoine moins vite, tu vas t'étouffer! Tu as tout ton temps, lança Mme Hilton à sa fille.

— Mais non, maman. Fatty arrive ce matin pour les vacances : nous allons tous l'accueillir à la gare.

— Betsy veut sûrement étaler un tapis rouge sur le quai, pour son cher Fatty, et elle a dû convoquer la fanfare! plaisanta Pip.

— Idiot! fit Betsy en décochant un coup de pied à son frère, sous la table.

— Bon, allons-y. Il nous faut passer prendre Foxy : son maître sera très content de voir que son petit chien l'attendait avec nous à la gare. A tout à l'heure, maman.

— Au revoir, maman.

— A bientôt, les enfants.»

Le frère et la sœur quittèrent la maison en trombe et s'élancèrent dans la rue au pas de course. Daisy et Larry les attendaient au carrefour. Enfin, ils sonnèrent au grand portail d'une maison jaune. Mme Trotteville en personne vint ouvrir.

«Nous allons chercher votre fils à la gare, annonça Pip. Pouvez-vous nous confier Foxy? Fatty ne l'a pas vu depuis trois mois : il va être drôlement content!

— Désolée, mais Foxy est introuvable depuis ce matin. Je me demande où il est passé...»

Un peu déçu, le petit groupe se mit en route. Mais, en arrivant à la gare, quelle surprise! Là, sur le quai, Foxy, tout frétillant!

«Ce Foxy est un petit génie! s'exclama Betsy, pleine d'admiration. Comment a-t-il deviné que son maître arrivait?

— Le voilà!» claironna Daisy, comme le train entrait en gare. Les quatre amis ressentirent le même pincement au cœur. Ils l'aimaient tellement, leur ami Frederick!

Avec lui, ils passaient toujours des vacances inoubliables. Débrouiller une énigme des plus compliquées, telle était la plupart du temps leur occupation favorite. Qui sait si quelque chose de tel se présenterait cette fois encore ?

Le train s'arrêta dans un grincement assourdissant, libérant une dizaine de voyageurs.

« Pas de Fatty ! soupira Pip, quand ils furent tous descendus.

— Il a dû manquer son train », supposa Daisy.

Betsy suggéra tout à coup qu'il s'était peut-être déguisé. L'idée n'était pas bête du tout : leur ami n'avait-il pas la manie de leur faire des farces de ce genre ?

« Examinons tous les gens qui viennent d'arriver, conseilla-t-elle. Surtout ceux qui portent des lunettes. »

Ils se postèrent donc tous quatre près de la sortie. Une grosse dame. Deux écolières. Un homme chargé d'un sac. Deux soldats en uniforme. Tiens, là-bas, deux hommes vêtus d'un manteau, et portant des lunettes... Voilà qui était intéressant ! D'autant qu'ils avaient la même corpulence que Fatty. En passant devant le petit groupe, l'un d'eux dit quelques mots dans une langue étrangère. Il pouvait tout à fait s'agir de Fatty, déguisé, puisqu'il apprenait le français, au collège où il était interne... Foxy parut enfin, l'air triste.

« Mon pauvre toutou, ton maître nous a fait faux bond ! lança Betsy en le caressant. A moins que... Toi qui as du flair, tu devrais savoir s'il se cache sous le manteau de l'un de ces voyageurs !

— Suivez-moi ! lança soudain Larry. L'un d'eux est nécessairement Fatty. Nous allons les suivre et montrer à notre ami que nous ne sommes pas dupes. »

Sitôt dit, sitôt fait.

Au carrefour, les deux inconnus se serrèrent la main.

« A mon avis, celui qui parlait français, c'est Fatty. Il a dû faire connaissance avec l'autre dans le wagon, dit Larry. D'ailleurs, il part dans la direction de la maison des Trotteville : c'est sûrement Fatty.

— Vite ! Surtout ne le perdons pas de vue ! » recommanda Pip.

Peu après le tournant, l'« étranger » arrêta une dame et lui parla avec force gestes. Son pardessus l'engonçait jusqu'au cou, le col dissimulait une partie de son visage. Quel comédien, ce Fatty ! Pressant le pas, ses amis tendirent l'oreille.

« *Please,* madame. Moi chercher maison de ma sœur... Une villa *Gélicote*.

— *Gélicote?* J'habite Peterswood depuis toujours, mais ce nom-là ne me dit rien!
— *Please*, où est cette maison?
— Je vous dis que je n'ai jamais entendu ce nom! Il n'y a pas de maison s'appelant *Gélicote* ici. Quel est le nom de votre sœur?
— Françoise Wilson. C'est une Française, mariée à un Anglais.
— Jamais entendu parler! marmonna de nouveau la dame. Vous devriez vous renseigner à la poste.»

Et elle s'éloigna aussitôt.

«Où est la poste?»

Trop tard, elle avait déjà disparu. Pip donna un coup de coude à Larry.

« A nous de jouer ! Nous allons lui dire que nous savons où sa sœur habite, et nous conduirons ce farceur de Fatty droit chez lui : il comprendra alors que nous n'avons jamais été dupes. »

Betsy retint son frère par la manche.

« Tu es bien sûr que c'est lui ? Il n'a pas de valise... Et puis, Foxy n'a pas eu l'air de le reconnaître.

— Sa valise, il a dû l'envoyer à part. Quant à Foxy... Tiens ! Il n'est pas là... Oh ! Regardez ! Notre bonhomme change de direction. Rattrapons-le vite. »

Quand ils l'eurent rejoint, celui-ci s'arrêta et se retourna. On voyait à peine ses yeux, derrière ses verres teintés. Il portait une fine moustache noire et le bas de son visage disparaissait dans un col relevé.

« Ah ! Des enfants ! Vous allez m'aider. Je cherche la maison de ma sœur, dit-il en français.

— Vous cherchez la maison de votre sœur ? répéta Larry, utilisant les quelques mots de français qu'il connaissait.

— Oui, c'est ça ! Son nom est *Gélicote.* »

Au prix d'un gros effort pour ne pas rire, Larry affirma avec aplomb :

« *Gélicote* ? Bien sûr, que nous la connaissons ! Très jolie maison ! Si vous voulez bien nous suivre...

— Vous avez froid, monsieur ? demanda Pip. Vous êtes tout emmitouflé !

— Je viens d'avoir la grippe. »

Pour appuyer ses dires, l'homme se mit à tousser. D'autres auraient sans doute trouvé cette toux très convaincante, mais pas les Détectives ! Ils avaient tous entendu Fatty tousser ainsi, lorsqu'il se déguisait en mendiant.

Ils parvinrent bientôt en haut de la côte. Là, le vent soufflait plus fort, aussi le voyageur remonta-t-il son col le plus possible.

« C'est encore loin ? » demanda-t-il entre deux quintes de toux à vous fendre le cœur... à condition de ne pas être l'un des amis de Fatty, bien sûr ! Car ces quintes ne faisaient qu'attiser leurs soupçons !

« C'est là, annonça Pip en désignant le portail des Trotteville. Je vais sonner ; espérons que votre sœur sera chez elle ! »

Il appuya sur le bouton et fit signe à ses camarades de reculer. Qu'allait faire ce sacré farceur de Fatty ? Il serait bien obligé de leur révéler la supercherie. Il se retournerait, ôterait ses lunettes et, en bon joueur, lancerait :

« Parfait ! Vous avez gagné ! Chapeau, les amis ! »

Déjà la bonne des Trotteville, Jane, s'avançait vers la grille.

Une conversation s'engagea. Impossible de l'entendre de façon distincte...

Soudain, Jane haussa le ton :

« Puisque je vous dis qu'il n'y a, ici, personne de ce nom ! D'ailleurs je n'ai jamais entendu parler d'une maison s'appelant *Gélicote* ! »

A cet instant, Betsy entendit des bruits de pas rapides, sur la route. Puis un aboiement familier.

Foxy ! Avec *Fatty* !...

« Ça alors ! s'écria-t-elle. Oh ! Fatty, ce n'était donc pas toi ! »

Elle se précipita et sauta au cou de Fatty. Il était là !

Il avait un peu grandi durant ce trimestre. Mais pas maigri... Toujours aussi dodu ce cher Fatty ! Ses yeux brillaient de plaisir, et il souriait.

« Salut, Betsy ! Content de te retrouver ! dit-il à la petite fille en l'embrassant à son tour. Mais de quoi parles-tu ? Et pourquoi vous n'êtes pas venus m'attendre à la gare ? Il n'y avait que Foxy ! »

Larry, Daisy et Pip se pressaient autour

de leur ami. Comment avaient-ils pu ne pas le voir sur le quai ?

« Ah ! Je comprends ! déclara Fatty en riant. Je parie que vous m'attendiez au train qui arrivait quatre minutes avant le mien. Foxy a été bien plus malin que vous. Il s'est douté qu'il y aurait des trains supplémentaires en période de vacances.

— Si tu savais...! soupira Daisy. Nous nous étions imaginé que tu t'étais déguisé pour nous jouer un tour ! Pensant que c'était toi, nous avons suivi un homme qui cherchait la maison de sa sœur, puis l'avons conduit... chez toi ! »

Fatty éclata d'un rire formidable.

« Bande d'idiots ! Et où est-il, ce malheureux ? »

Justement, le voyageur revenait en marmonnant, l'air furieux.

« Espèces de garnements ! s'écria-t-il. Vous vous êtes moqués de moi ! »

Tous étaient vraiment désolés. Mais comment expliquer leur erreur ? Cet homme ne comprendrait jamais ce qui s'était passé.

Soudain, alors qu'il continuait à gesticuler, toujours de fort mauvaise humeur, le timbre d'une bicyclette résonna tout près. Les enfants échangèrent un regard : M. Groddy, le policeman du village...

Quelle catastrophe! Ou plutôt, le père Ouste, comme ils l'avaient surnommé, à cause de sa manie de glisser dans la conversation d'autoritaires «Allez, ouste!» à tout bout de champ. Cette fois encore, il démontra que le sobriquet lui allait à ravir.

«Qu'est ce que vous me mijotez encore? Allez ouste! Filez!» clama-t-il en ralentissant à la hauteur des enfants.

Foxy, qui ne l'aimait guère, se mit à aboyer avec frénésie.

«Retenez votre chien, ordonna le policeman. Ou il risque de recevoir un bon coup de pied!»

Fatty se baissa et prit l'animal dans ses bras.

« Ces garnements vous auraient-ils importuné, monsieur ? » demanda le père Ouste en s'adressant à l'inconnu.

Ce dernier était tellement fâché qu'il en avait oublié ses rudiments d'anglais. Il se lança donc dans un discours en français auquel M. Groddy ne comprit pas un mot.

« Vous aimeriez peut-être savoir ce qu'il dit, monsieur Groddy ? demanda Fatty, une lueur amusée dans le regard. Je crois avoir compris que... heu... votre apparition ne semble pas lui plaire ! »

M. Groddy commençait à se sentir mal à l'aise. Ces enfants qui ne demandaient qu'à lui jouer un tour... Cet étranger qui semblait à moitié fou de rage... Cet empoisonnant petit chien qui ne rêvait que de le mordre. Vraiment c'était trop ! Craignant de perdre son sang-froid, le père Ouste jugea qu'il valait mieux battre en retraite. Enfourchant son vélo avec dignité, il s'éloigna. Non sans avoir lancé un tonitruant « Allez, ouste ! » couvert par les aboiements furieux de Foxy.

Le Français avait l'air fort étonné. Ce policeman n'avait pas cherché à en savoir davantage. Quel étrange comportement de la part d'un représentant de l'ordre !

Comme il était pris d'une quinte de toux, Fatty, compatissant, lui adressa la parole en

français. Ses amis n'en revenaient pas : il s'exprimait dans cette langue avec beaucoup d'aisance.

Comme Fatty lui proposait de le renseigner sur sa destination, le voyageur sortit un petit carnet de sa poche.

« Je ne me trompe pas, dit-il. Le chalet de ma sœur s'appelle bien *Gélicote*. Comment se fait-il que personne ne le connaisse ? »

Il montra à Fatty l'adresse inscrite sur une feuille de son calepin. les autres enfants y jetèrent un coup d'œil.

« Oh s'exclama Daisy, je comprends ! Votre sœur habite *Jolly Cottage* ! Pas *Gélicote* !

— Votre prononciation nous a trompés, expliqua gentiment Betsy.

— Bon! Peut-être! N'empêche que je ne sais toujours pas où se trouve cette maison.

— Facile, dit Fatty. Suivez-nous. Et oubliez le malentendu de tout à l'heure!»

La petite troupe se mit en marche. Fatty continua de parler en français, et l'étranger se détendit peu à peu. Au bout de la route, on tourna à gauche pour déboucher sur un chemin calme.

Désignant une petite maison, Fatty annonça :

«Vous voici arrivé, monsieur. Regardez, le nom est écrit sur le portail : *Jolly Cottage*.

— *Gélicote*, enfin! Je vous remercie, messieurs!»

Soulevant son chapeau pour saluer les deux fillettes, l'homme ajouta :

«Au revoir, mesdemoiselles.»

Puis il poussa la barrière blanche et disparut au bout de l'allée.

«Dommage que nous t'ayons manqué, à la gare! fit Betsy en glissant sa main dans celle de son ami. Dire qu'il n'y avait que Foxy, pour t'accueillir. Quand je pense que nous avons suivi quelqu'un qui ne te ressemblait même pas.

— C'est un peu la faute de Fatty, grommela Pip. Quand il se déguise, il est tellement méconnaissable! Bon, allons-y! Mme Trotteville doit commencer à s'impatienter!»

En effet, quand elle aperçut son fils, elle se précipita à sa rencontre dans le hall.

«Frederick! Te voilà, mon chéri! Vite, que je t'embrasse!»

Fatty lui rendit son baiser puis demanda à ses amis, avec un clin d'œil :

«Au fait... vous n'avez pas entendu parler d'un bon petit mystère à résoudre, pour occuper les vacances?

— Il ne se passe rien, en ce moment, avoua Pip. Mais puisque tu es là...

— Vous n'allez pas recommencer à jouer les aventuriers! protesta Mme Trotteville. Car je suis certaine que ce stupide M. Groddy viendrait rôder autour de la villa pour vous épier, au cas où vous auriez déniché une piste qu'il n'aurait pas encore découverte. Je vous en supplie, les enfants, épargnez-moi ce visiteur désagréable. Heureusement qu'ils ne sont pas tous comme lui, dans la police. Votre grand ami, l'inspecteur Jenks, en revanche, a beaucoup de tact, lui!»

Jenks habitait la ville voisine. Il s'entendait à merveille avec le petit groupe d'amis qu'il avait mis souvent à contribution.

L'heure du déjeuner était arrivée. Larry, Pip, Daisy et Betsy prirent congé de Mme Trotteville et de Fatty en promettant de revenir dans l'après-midi.

Fatty se mit à table avec entrain. Au cours du repas, ses parents l'interrogèrent sur ses études, fort brillantes, comme d'habitude. Cet élève remarquable était apprécié de tous ses professeurs.

Vers trois heures de l'après-midi, comme convenu, les Détectives vinrent rejoindre leur «chef». Ils le trouvèrent dans la remise du jardin, son refuge. Il y conservait une quantité invraisemblable de vieux vêtements ainsi que des postiches et autres accessoires dont il se servait pour se déguiser. C'est là aussi qu'il s'exerçait à se composer des têtes différentes devant un grand miroir.

«Entrez vite. C'est un peu en désordre ici, mais il y fait bon.

— Comme c'est chouette de nous retrouver tous ensemble! s'exclama Daisy. Dommage que nous n'ayons pas le moindre mystère à débrouiller pour nous distraire!

— Tu peux le dire, soupira Pip. Cinq Détectives qui n'ont rien à détecter, un chien qui n'a rien à flairer, c'est du gaspillage!»

Larry suggéra de profiter de ce temps mort pour s'entraîner, et l'idée plut à Fatty. S'amuser à filer les gens, par exemple, constituait un excellent exercice.

«Je compte aussi travailler mes dons de ventriloque, dit le chef des Détectives. J'en suis à mes débuts, mais j'ai bon espoir.»

Chapitre 2
Filature et camouflage

« Filature et camouflage sont deux exercices dans lesquels tout bon détective doit se distinguer, déclara Fatty. Larry et moi, nous pourrions nous déguiser en cantonniers et désherber le talus de la route, par exemple.

— Ce brave Ouste nous reconnaîtrait, et ton idée nous vaudrait certainement des ennuis. »

A l'évidence, Larry n'était guère enthousiasmé.

« Fatty, j'ai une idée! lança Daisy, avec un petit rire. On m'a chargée de vendre des billets pour la kermesse de la Croix-Rouge : persuader M. Groddy d'en acheter un, voilà un excellent exercice! D'accord? Tu en es capable?

— Facile! Très facile, même. Passe-moi tes billets.

— Et moi, demanda Larry, qu'est-ce que je pourrais faire?

— Voyons... Va enfiler une blouse blanche et prendre un seau et une peau de chamois... Autrement dit, tu passeras pour un laveur de carreaux.

— Oh, non! Je n'oserai jamais.

— Tu le feras! crièrent Daisy et Betsy, d'une seule voix.

— A ta place, je choisirais une maison sans étage... un petit bungalow, par exemple, déclara Pip. Tu n'aurais pas besoin d'échelle. Et il y aurait moins de fenêtres à nettoyer. Larry laveur de carreaux, comme c'est drôle! »

Mais Larry, quant à lui, semblait trouver tout cela nettement moins amusant.

« Je devrai d'abord demander la permission de laver les vitres, n'est-ce pas, Fatty? Je ne vais tout de même pas m'approcher d'une maison et me mettre au travail sans rien dire à personne!

— Bien sûr! Tu commenceras par proposer tes services. Et si tu reçois un peu d'argent, cela te permettra d'acheter des billets de loterie à Daisy. Ainsi, tu auras fait à la fois une bonne œuvre et un exercice de camouflage.»

A sa mine, Larry n'avait pas l'air convaincu, mais il se résigna.

«Et moi? interrogea Pip en riant. Quelle amusante besogne me proposes-tu, Fatty?»

Le chef des Détectives se tourna vers lui.

«Toi, tu es bon pour un exercice de filature. Demain, tu suivras Ouste partout où il ira. Discrétion de rigueur, bien sûr.

— Entendu, tu peux compter sur moi... Au tour de Daisy et de Betsy, maintenant.

— Les filles s'entraîneront plus tard», décida Fatty.

Il s'interrompit pour distribuer à chacun une dernière part de gâteau au chocolat.

«L'un de vous a-t-il vu l'inspecteur Jenks, ces jours-ci? demanda-t-il quand il eut terminé.

— Non, répondit Pip. Il ne vient à Peterswood que si un cas intéressant l'y appelle.

— Si cela arrivait pendant les vacances, j'espère bien qu'il nous permettrait de l'aider, dit Fatty.

— L'ennuyeux, bougonna Larry, c'est que chaque fois M. Groddy est au courant et nous met des bâtons dans les roues!»

Les cinq amis passèrent le reste de l'après-midi à jouer aux cartes, puis, comme l'heure du dîner approchait, ils se séparèrent.

Tout en rangeant la remise, Fatty songeait à la manière dont il aborderait le policeman, le lendemain. Soudain, son regard se posa sur l'armoire dans laquelle il gardait ses vieux habits. Oui... voilà ce qu'il devait faire! Se déguiser, une fois de plus. Car M. Groddy ne consentirait jamais à lui acheter quoi que ce soit, s'il se présentait à lui en tant que Frederick Trotteville.

«Je me transformerai en vieille femme, pensa le chef des Détectives, et je lui demanderai de me laisser lire sa main. Il croit à ces balivernes. Je sens que je vais bien m'amuser.»

Le lendemain matin, Pip se rendit à vélo à proximité du poste de police. Il mit pied à terre et, après avoir discrètement dégonflé un de ses pneus, il commença à le regonfler sans se presser. Ainsi, il ne donnait pas l'impression de monter la garde au coin de la rue.

Le père Ouste ne tarda pas à apparaître devant le poste de police, son vélo à la main, puis il sauta en selle. Pip l'imita et, l'un derrière l'autre, ils remontèrent la rue à coups de jarrets vigoureux.

Le policier ne se doutait pas qu'il était suivi. Il pédalait avec sa suffisance habituelle, saluant au passage les gens qu'il connaissait. Après s'être arrêté devant une grande villa, il appuya sa machine contre la grille et disparut à l'intérieur de la propriété. Pip l'attendit, caché derrière une haie.

Quand M. Groddy reparut, il gagna la rue principale, se dirigea droit vers le bureau de poste et s'y engouffra. Le jeune détective ne put résister à la tentation d'entrer dans la confiserie devant laquelle il était posté : on y vendait d'alléchants cornets de glace... Sa gourmandise faillit être punie car le père Ouste sortit de la poste à ce moment-là et Pip l'aperçut juste à temps pour le reprendre en chasse...

Chemin faisant, Pip croisa Mme Trotteville, accompagnée de Foxy. A la vue du garçon, Foxy poussa un aboiement joyeux et courut sur ses traces.

« Va-t'en, Foxy ! lança Pip sans cesser de pédaler. Tu vas me faire repérer. Allons, file ! »

Mais Foxy ne voulut rien entendre.

A la sortie du village, M. Groddy emprunta un chemin de terre conduisant à une ferme. Mettant pied à terre, Pip se tapit derrière un buisson et tendit l'oreille. Le fermier avait appelé M. Groddy car des chiens avaient attaqué ses moutons : il donna au policeman le signalement des chiens en question. Ce dernier prit des notes sur son carnet.

Pip se faufila à travers la haie : il allait attendre dans le pré voisin que M. Groddy en ait terminé... Foxy ne trouva rien de mieux, pour manifester sa joie, que d'aboyer à grand bruit. Impossible de le faire taire! A l'autre bout du champ, quelques agneaux, effrayés, se pressèrent autour de leur mère.

«Tiens, tiens! fit soudain une voix familière, derrière la haie. Mais c'est le chien du jeune Trotteville, qui terrorise les moutons! J'aurais dû m'en douter. Si j'attrape cette maudite bête, je me charge de lui régler son sort!»

Comme le père Ouste passait dans le pré, Pip bondit sur ses pieds.

«Foxy est innocent! Il est arrivé ici avec moi, il y a à peine quelques minutes! Nous nous amusions, tous deux, quand...

— Je l'emmène!» coupa le policeman, enchanté de trouver l'animal en défaut.

Facile à dire... Furieux, le petit chien se précipita sur M. Groddy qui n'eut d'autre solution que de demander à Pip de le rappeler et de battre en retraite. Mais il se promettait bien de l'avoir, sa revanche, foi de Groddy!

Quant à Pip, il enfourcha sa bicyclette et retourna au village, Foxy sur ses talons.

Pendant ce temps....

Fatty avait apporté tous ses soins à se transformer en dame d'âge mûr pour aller vendre son billet de loterie au père Ouste. Jupe noire, pull-over assorti, veste rouge et chapeau à fleurs...

Pour parfaire le tout, une perruque noire à bouclettes et un maquillage savant, agrémenté de quelques rides finement tracées.

A la main un vieux sac de cuir, et une touche de poudre sur le nez, comme le faisait souvent sa mère : il était méconnaissable!

S'assurant que la voie était libre, il se faufila hors de la remise. Hélas! Il n'avait pas tourné le coin qu'une voix l'interpella.

« Hé, vous là-bas! Que faites-vous ici? »

C'était le jardinier. Fatty ne se laissa pas impressionner.

« Akel fita omi toga our balak », baragouina-t-il, désireux de se faire passer pour une étrangère.

Bien entendu, le jardinier ne comprit pas un mot à ce discours. Haussant les épaules, il bougonna en montrant la porte de la cuisine :

« Comprenez-vous l'anglais ? Si vous avez besoin de quelque chose...

— Tipli opli erica douk », dit Fatty d'un ton reconnaissant, avec un sourire.

Puis, il se précipita vers le portail et disparut aux yeux du jardinier stupéfait. La bonne blague! Puisque le jardinier de ses parents ne l'avait pas reconnu, le père Ouste n'y verrait que du feu!

Aussi Fatty arriva-t-il tout guilleret au poste de police pour y affronter M. Groddy. Mais le policeman n'était pas là, et pas davantage à son domicile personnel, situé juste derrière.

«M. Groddy est absent, lui annonça un gamin plutôt maigrichon. Mais ma mère fait le ménage. Vous voulez que je l'appelle?

— Je préfère entrer, déclara Fatty avec aplomb, un sourire affable aux lèvres. J'attendrai son retour.»

D'une main ferme, il écarta le garçon et pénétra dans le petit bureau du policeman.

Le gamin était perplexe. Cette femme bizarre, à l'accent étranger, était-elle oui ou non une amie de M. Groddy?

«Maman! appela-t-il, il y a là quelqu'un qui demande M. Groddy!

— J'arrive!» annonça une voix provenant de la cuisine.

La femme de ménage apparut bientôt, s'essuyant les mains à son tablier.

«Icle doda rupino, dit Fatty, en la saluant d'un signe de tête.

— Oh! Vous êtes étrangère? D'Europe centrale, peut-être, à votre accent? J'ai connu une Roumaine, dans le temps. Elle lisait les lignes de la main à la perfection.»

Fatty saisit l'occasion au vol.

«Moi aussi, affirma-t-il, en parlant anglais avec une extrême application, comme le ferait un étranger.

— Pas possible! lança la femme de ménage. S'il vous plaît, que lisez-vous dans la mienne?»

La pseudo-diseuse de bonne aventure saisit la main que lui tendait cette femme crédule.

«Vous habitez tout près d'ici... impasse de la Poste. Votre mari travaille à la ferme du Coq. Vous avez trois sœurs et deux frères. Je me trompe?

— C'est la vérité... Je me demande comment vous pouvez savoir tout cela!»

Fatty se garda bien de lui révéler ses sources : en fait, Mme Mickle, la femme de ménage de M. Groddy, venait parfois aider Jane, à la maison.

«Vous avez trois enfants, poursuivit-il, Bert est le plus jeune. Et puis... vous adorez le thé. Vous en buvez plusieurs tasses par jour.»

A cet instant retentit le timbre d'une bicyclette.

«Voici M. Groddy! Et je n'ai pas encore mis la bouilloire sur le feu!»

La domestique disparut au moment où le gros policeman entrait dans le hall. De la cuisine, elle lui cria :

« Il y a quelqu'un qui vous attend dans votre bureau, monsieur. Une dame.

— Une dame? s'étonna le policier en se dirigeant vers la cuisine. Qu'est-ce qu'elle veut?

— Je ne me suis pas permis de lui poser la question...

— Et elle a lu dans les lignes de la main de maman, ajouta Bert.

— Tu ne peux pas tenir ta langue, non? grommela sa mère. C'est pourtant vrai, monsieur, cette femme est vraiment très forte... Vous prendrez une tasse de café, monsieur?

— Deux, même! J'en ai besoin : figurez-vous que des chiens m'ont attaqué.

— Pauvre monsieur! De gros chiens? Ils vous ont mordu?»

Le policeman ne se fit pas prier pour donner des détails. Et le minuscule Foxy devint deux énormes dogues assoiffés de sang...

«Heureusement que l'étoffe de mon uniforme est solide, conclut M. Groddy. Sinon, je serais revenu en piètre état, croyez-moi!

— Pauvre monsieur, répéta l'employée de maison, émue.

— Vous allez sans doute faire un rapport sur ces chiens, suggéra Bert avec hypocrisie.

— Oui, bien sûr, répondit M. Groddy soudain mal à l'aise. C'est-à-dire... surtout sur un troisième dont le crime est plus grave encore. Je l'ai pincé à donner la chasse à d'innocents moutons. Mais il courait si vite que je n'ai pas pu l'attraper. Il n'a pas intérêt à se retrouver sur ma route, celui-là !

— Qu'est-ce que vous me donneriez, monsieur, si je vous l'amenais ? » demanda le gamin.

M. Groddy le dévisagea, puis lui fit signe de le suivre dans le hall.

Du bureau, Fatty apprit que le fermier s'était plaint d'un chien qui effrayait son troupeau. Mais pas un seul instant il n'imagina que l'animal en cause pouvait être Foxy.

Il entendit M. Groddy promettre une bonne somme à Bert, s'il lui ramenait l'animal, ce que le gamin accepta. Quel sans-cœur ! Fatty était outré de cet odieux marché.

Hélas ! Le policeman acheva ses confidences à voix basse... si bien que Fatty n'en apprit pas davantage.

Une minute plus tard, Bert retournait à la cuisine, et M. Groddy faisait son apparition sur le seuil du bureau.

Sans se lever, Fatty lui tendit la main avec grâce.

« Que puis-je pour vous, madame? s'enquit le policeman.

— Je suis une amie de Mme Trotteville. Une amie très intime, même...

— Ah! Vous habitez chez elle, en ce moment?

— Mais oui! Comme on m'a chargée de vendre quelques billets pour la Croix-Rouge, je viens vous en proposer un.

— Heu... volontiers. Puis-je me permettre de vous offrir une tasse de café, madame? Il paraît que... heu... vous lisez dans les lignes de la main?

— Certainement. Et je déchiffrerai les vôtres, si cela vous intéresse. C'est si gentil à vous de me prendre un billet : vous méritez bien une petite récompense. »

M. Groddy s'empressa d'accepter cette offre. Après avoir prié Mme Mickle de servir le café, il tendit son énorme patte velue au chef des Détectives, qui eut bien du mal à s'empêcher de rire...

Chapitre 3

Au rapport

Comme convenu, les cinq Détectives se retrouvèrent dans la remise de Fatty. Il accueillit ses amis avec un large sourire. Des piécettes tintaient dans sa poche : le prix du billet de loterie vendu au père Ouste !

« A toi, Pip ! » dit-il quand tous furent installés.

Pip donna alors force détails sur son aventure dans le pré.

« Pas de chance ! ajouta-t-il. Le père Ouste est arrivé juste au moment où Foxy effrayait les moutons en aboyant. C'était un coupable tout trouvé.

— Quelle bêtise! s'écria Daisy, indignée. Foxy n'a jamais chassé un mouton de sa vie.

— Bien sûr! Et il en serait d'ailleurs incapable, répondit Fatty qui avait écouté le récit avec une grande attention. Continue, Pip...»

Le garçon raconta ce qui s'était passé par la suite.

«Ah, je comprends..., dit le chef des Détectives. Ce matin, lorsque j'ai rendu visite à M. Groddy, je l'ai entendu parler de capturer un chien. Il s'agissait donc de Foxy.

— Comment? s'exclama Pip, surpris. Il t'a fait part de ses projets?

— Je vous expliquerai. Sachez que le père Ouste est prêt à payer Bert Mickle, le fils de sa femme de ménage, pour qu'il attrape Foxy.

— Je vois qui c'est, déclara Pip. Il est maigre comme un clou, et je n'aime pas son regard fuyant.

— Au fait, vous savez la meilleure? s'écria Fatty. J'ai bel et bien vendu le billet de loterie à ce cher père Ouste!»

Daisy poussa un gloussement de joie.

«Fatty, tu es un garçon sensationnel!

— Je me suis présenté comme une étrangère, amie de maman, séjournant chez nous.»

Ses compagnons éclatèrent de rire.

« En plus, tu n'as presque pas menti ! s'exclama Daisy. Tu es ami avec ta mère et tu habites bien chez elle.

— Ce qui est plus drôle encore, reprit Fatty, c'est que je lui ai vendu le billet après lui avoir lu les lignes de la main. Je lui ai dit que son prénom était Théophile, qu'il avait plusieurs neveux, dont l'aîné s'appelait Ray. J'ai ajouté qu'on l'appréciait en haut lieu et qu'il ne tarderait pas à avoir de l'avancement... Si vous l'aviez vu rayonner !

— Pas étonnant qu'il t'ait pris le billet ! fit remarquer Pip avec malice.

— Ce n'est pas tout. Ensuite je me suis lancé dans de délicates révélations. Je lui ai parlé d'un garçon un peu corpulent, très intelligent... »

Betsy s'étouffait presque à force de rire.

« Fatty, tu es génial ! Comment a-t-il réagi ?

— Il a sursauté en s'écriant : "Quoi ! Encore ce Frederick de malheur !" Je lui ai dit : "Méfiez-vous de ce garçon. Il a le génie de résoudre les énigmes. En ce moment même, il est sur une piste sensationnelle." Si vous aviez vu dans quel état il était ! Mais j'ai refusé de lui en dire plus, malgré son insistance.

— Oh Fatty! Comme je regrette de n'avoir pas été là! soupira la petite Betsy.

— Maintenant, reprit le chef des Détectives en retrouvant son sérieux, à toi de faire ton rapport, Larry! Comment s'est déroulé ton travail de laveur de carreaux?»

Avant que son frère ait eu le temps de répondre, Daisy expliqua en riant :

«En tout cas, quand Larry a quitté la maison, ce matin, il avait la tête de l'emploi. Un vieux pantalon, une casquette... Un seau à la main, il faisait un laveur de carreaux très acceptable.

— Bravo! Raconte, ordonna Fatty.

— Eh bien, j'ai pensé que je devais choisir une maison de plain-pied puisque je n'avais pas d'échelle. Un bungalow : j'en avais justement vu un, près de *Jolly Cottage,* tu sais... la villa où nous avons conduit ce Français... le voyageur que nous avions pris pour toi.

— En effet, je me souviens d'avoir aperçu un bungalow, à proximité de *Gélicote,* répliqua Fatty en souriant. En face, si j'ai bonne mémoire, dans l'allée des Houx. Avec un jardinet sur le devant. Je crois même avoir vu une plaque marquée *Green Cottage.*

— C'est exactement ça! Donc, avec mon attirail de laveur de vitres, je suis entré dans le jardinet en question et j'ai sonné à la porte.

— On t'a ouvert? demanda vivement Betsy.

— Sur le moment, j'ai bien cru que la maison n'était pas habitée. Puis j'ai entendu une voix qui criait "Entrez!" J'ai poussé le battant. "C'est le laveur de carreaux. Faut-il nettoyer vos fenêtres?»" Quelqu'un m'a répondu : "Oui, allez-y!"

— Qui était-ce? Tu as vu cette personne? interrogea Fatty.

— Ma foi non, avoua Larry. Et je n'ai pas insisté, ne tenant pas à être observé de trop près. Je suis ressorti et j'ai commencé par les fenêtres situées sur l'arrière. Il y en a deux donnant sur une pièce assez vaste, meublée seulement d'un lit à une place, d'une chaise et d'une table. J'étais occupé à mon travail lorsque j'ai entendu claquer la porte d'entrée. Puis quelqu'un a traversé le jardin en direction de la route. Un homme ou une femme, je ne sais pas au juste.

— Tu étais seul, alors? murmura Fatty.

— Je l'ai cru, tout d'abord. Mais lorsque je suis revenu sur le devant pour faire les deux autres fenêtres, j'ai aperçu quelqu'un, dans le living-room...»

Larry fit une pause, pour ménager son effet.

« Continue, supplia Fatty.

— Eh bien, voilà... En regardant par l'une des fenêtres, j'ai aperçu un homme sur le plancher !

— Sur le plancher ! s'exclama Pip, étonné. Un cadavre ?

— Non. Rassure-toi. Même pas un blessé ! Il avançait sur les genoux et palpait le dessous des sièges, l'un après l'autre, en se parlant à voix basse.

— Un fou ? suggéra Fatty. Tu as pu savoir de qui il s'agissait ?

— Non. Il semblait très âgé. Il portait une robe de chambre par-dessus un pyjama. Sa main tâtait avec soin le dessous de chaque chaise. Enfin, il s'est arrêté plus longuement à l'une d'elles et a hoché la tête d'un air approbateur, avec un petit grognement de satisfaction.

— Mais c'est extraordinaire, ce que tu nous racontes là ! s'exclama Fatty. Qu'a fait le bonhomme, ensuite ?

— Il a rampé sur le plancher jusqu'à un fauteuil roulant. Là, il s'est redressé péniblement et s'est laissé tomber sur le siège. Après quelques instants de repos, il s'est dirigé vers le poêle et a fermé les yeux. Je crois qu'il s'est endormi. En tout cas, quand je suis parti, il n'avait pas bougé.

— Il ne t'a pas vu ? demanda Betsy.

— Je n'en ai pas l'impression.

— Curieuse histoire, murmura Pip, songeur. Que pouvait-il bien chercher sous les sièges ? Il avait peut-être caché de l'argent dans l'un d'eux et voulait s'assurer que son trésor était toujours là... Qu'en penses-tu, Fatty ?

— C'est possible. Les vieillards redoutent souvent qu'on ne leur vole leurs économies. Ils feraient bien mieux de déposer leur argent à la banque !... Voyons, qu'as-tu fait, ensuite, Larry ?

— Comme j'avais fini mon travail, je me suis essuyé les mains à ma peau de chamois et je suis rentré à la maison. En fait, cet exercice de camouflage n'avait rien de palpitant. Ce n'est pas drôle de se déguiser en laveur de carreaux. J'ai l'impression d'avoir perdu mon temps!»

Mais Larry se trompait. Il n'avait pas perdu son temps. Au contraire, sans le vouloir, il venait de mettre le doigt sur un mystère. Un mystère qui les tiendrait longtemps en haleine...

Chapitre 4

Où est passé Foxy?

Pendant deux ou trois jours, Fatty ne perdit guère son chien de vue. Cette peste de Bert allait-il mettre son plan à exécution?

Au soir du troisième jour, le chef des Détectives alla au cinéma avec ses amis, laissant le petit fox-terrier dans la cuisine. Avec Jane, qui l'aimait beaucoup, il serait en sécurité. A son retour, Fatty s'étonna de ne pas voir Foxy venir lui faire la fête comme d'habitude.

«Foxy! Foxy!» appela-t-il sans succès. Dix heures trente... Jane était montée se coucher. M. et Mme Trotteville passaient la soirée chez des amis. Le garçon renouvela son appel à pleins poumons : « Foxy ! Où es-tu ? »

La voix de Jane lui parvint, du palier.

« C'est vous, monsieur Frederick ? Foxy n'est pas avec vous ? Il a demandé à sortir vers neuf heures et demie. Je lui ai ouvert, pensant qu'il vous avait entendu revenir et ranger votre bicyclette.

— Non, Jane. Où peut-il bien être ? Je vais jeter un coup d'œil dehors. »

Fatty se précipita vers la porte d'entrée, l'ouvrit et parcourut le jardin en appelant son chien. Mais Foxy resta invisible. Peut-être pris d'une fantaisie subite, était-il allé rejoindre M. et Mme Trotteville ? Ce dernier espoir fut déçu : les parents de Fatty rentrèrent sans le chien.

« Ne te tracasse donc pas, dit son père. Foxy a dû rendre visite à l'un de ses amis, et il aura oublié l'heure. »

Fatty se coucha, la mort dans l'âme. En dépit des paroles rassurantes de son père. Il ne pouvait s'empêcher de penser à la conversation surprise entre M. Groddy et Bert. Et si le gamin s'était emparé de Foxy ?

Le lendemain, à l'heure du petit déjeuner, Foxy n'était toujours pas de retour. Dès lors, les doutes de Fatty se muèrent en certitude : son chien avait été enlevé par l'horrible petit Mickle.

Et il se rendit aussitôt au jardin, dans l'espoir d'y découvrir un indice. La chance le servit : il trouva en effet un morceau de viande attaché à une ficelle, près de la porte de derrière. La scène était facile à reconstituer : Bert avait attiré le chien avec de la viande. Aussi gourmand que son maître, Foxy avait dû se précipiter sur l'appétissant morceau qui filait devant son museau. Et quand Bert avait eu le fox-terrier à sa portée, il lui avait passé vivement une corde autour du cou. Enfin, il l'avait emporté.

Furieux à la pensée que ce brave Foxy s'était laissé prendre, Fatty rentra à la villa. Au même instant, le téléphone sonna dans le hall, et M. Trotteville décrocha.

« Allô ! Oui. Ici M. Trotteville. Ah ! C'est vous, monsieur Groddy ! Qu'y a-t-il ?... Quoi ? Mais c'est impossible ! Foxy n'a jamais rien chassé de sa vie... sinon vos mollets ! Bon, bon... Passez me voir. J'ai vraiment peine à croire votre histoire. »

Le père de Fatty raccrocha et, se retournant, il aperçut son fils, debout derrière lui.

« C'est invraisemblable ! Groddy prétend que ton chien a été surpris, hier, en train d'attaquer des moutons.

— Il a rêvé, ma parole !

— Selon lui, Foxy aurait été pris sur le fait. Groddy l'a enfermé dans la remise de son jardin : s'il prouve que Foxy est vraiment coupable, il le remettra à la fourrière de Marlow. Je me demande ce qui a pu se passer...

— J'ai ma petite idée, papa, déclara Fatty d'un air sombre. Quelqu'un a volé Foxy hier soir. Qui prétend l'avoir vu attaquer des moutons ?

— Un garçon du nom de Bert Mickle. En se promenant dans la campagne, il aurait surpris Foxy sautant à la gorge d'une brebis et se serait débrouillé pour l'attraper. Après lui avoir passé une corde au cou, il l'aurait traîné jusque chez Groddy.

— Cette histoire n'est qu'un tissu de mensonges ! protesta Fatty. Un coup monté, j'en ai la preuve. Groddy me le paiera. Quand doit-il venir te voir, papa ?

— Dans une demi-heure. Je ne pouvais pas refuser de le recevoir, même si j'en avais très envie. Il me fatigue ! »

Fatty s'éclipsa. Il savait Foxy incapable d'attaquer un mouton. Il se doutait que Groddy avait feint de croire les mensonges de Bert pour pouvoir se débarrasser de Foxy en l'envoyant à la fourrière.

Il n'y avait pas une minute à perdre. Dans sa remise, Fatty trouva une perruque rousse, de fausses dents proéminentes et un costume fatigué. De quoi le rendre méconnaissable. Un tablier blanc comme en portent les garçons bouchers, et bien malin qui l'identifierait !

Il sauta sur sa bicyclette et gagna les abords du domicile de M. Groddy à grands coups de pédale. Abandonnant son vélo dans une rue voisine, il alla se poster sur le trottoir opposé au jardin du policeman. Puis il feignit de se plonger dans la lecture d'un illustré.

Le père Ouste sortit enfin et enfourcha son vélo non sans difficulté, compte tenu de son embonpoint. Puis, l'air très fier de lui, il s'éloigna en fredonnant. A peine eut-il disparu que le garçon fourra son illustré dans sa poche et s'approcha de la barrière clôturant le jardin. De la remise toute proche lui parvint un gémissement de détresse. C'était Foxy...

Maintenant, il fallait passer à l'action. Poussant la barrière, Fatty traversa le jardin et frappa à la porte de la cuisine. Comme prévu, Mme Mickle lui ouvrit.

« Bonjour, m'dame. Votre voisine m'a chargé de vous dire de rentrer d'urgence chez vous. J'sais pas pourquoi, au juste!

— Mon Dieu! J'espère que ma pauvre mère n'a pas eu un nouveau malaise! s'exclama Mme Mickle en ôtant son tablier. Viens avec moi, Bert. Si jamais il y a besoin d'aide!... »

Fatty se retint de rire, tandis que la mère et le fils quittaient la maison dans l'affolement le plus complet. Le calme revenu, il se dirigea vers la remise. Comme la porte n'était fermée que par un verrou extérieur, il tira le verrou..., et Foxy jaillit, tel un diable de sa boîte, aboyant de joie et gambadant comme un fou.

Soudain, Fatty aperçut le gros chat noir

de M. Groddy. Voilà de quoi faire une bonne farce! Il s'approcha de l'énorme matou qui se chauffait au soleil sur le mur, avança la main et le caressa, après avoir ordonné à Foxy de se tenir tranquille.

«Minet! Gentil minet!» murmura-t-il.

Le chat se mit à ronronner et se laissa attraper. Vite, dans la remise!

Sans perdre une minute, Fatty le déposa sur le sac où, de toute évidence, Foxy avait passé la nuit. Le chat, paresseusement, s'étira sous la main qui ne cessait de le caresser et ferma les yeux avec béatitude.

Fatty repoussa la porte de la remise, mit le verrou en place et, suivi de Foxy, alla chercher sa bicyclette, dans la rue voisine.

Après avoir placé Foxy dans le panier d'osier attaché au porte-bagages, il sauta en selle et s'éloigna en sifflant.

«Le père Ouste va avoir une belle surprise, quand il voudra livrer Foxy aux hommes de la fourrière!»

Chapitre 5

M. Groddy n'y comprend rien

Lorsque Fatty rentra chez lui, M. Groddy était encore en train de discuter avec M. Trotteville. Il savait que les parents de Fatty ne l'appréciaient guère : leur apporter de mauvaises nouvelles concernant le chien de leur fils lui procurait le plus grand plaisir.

Après s'être débarrassé de son déguisement, Fatty mit Foxy dans la remise et entra dans le salon. En le voyant, le policeman lui lança un regard triomphant.

« Bonjour, monsieur Groddy, dit le garçon. Belle journée pour un mois d'avril! Vous nous amenez un petit mystère à résoudre?

— Je suis venu au sujet de votre chien. On l'a pincé alors qu'il attaquait des moutons, et...

— Vous plaisantez! coupa Fatty. Attaquer des moutons, lui!

— C'est pourtant la vérité, assura le policeman, avec une légère rougeur au visage. On l'a pris sur le fait, et j'ai dû l'enfermer dans ma remise.

— Je ne vous crois pas. Je vous répète que Foxy est incapable d'attaquer des moutons. Il y a sûrement une erreur!»

M. Trotteville regarda son fils d'un air surpris. D'où lui venait tant d'assurance? Fatty lui adressa un clin d'œil imperceptible, aussi M. Trotteville poussa-t-il un soupir de soulagement. Il comprenait, sans pouvoir encore se l'expliquer, que Fatty tenait l'ennuyeux bonhomme à sa merci.

Maintenant, le père Ouste était franchement cramoisi.

«Dans ce cas, monsieur Trotteville, voudriez-vous m'accompagner pour procéder à l'identification de l'animal? Votre fils peut venir aussi.»

Tandis que M. Trotteville sortait sa voiture du garage, le policeman prit les devants sur sa bicyclette. Fatty s'attarda un instant au téléphone.

« Allô?... C'est toi, Pip? Ecoute, je suis pressé... J'ai un service à te demander. Voilà, va jusque chez moi, ouvre la porte de la remise : Foxy est à l'intérieur. Passe-lui une laisse et emmène-le à proximité de la maison du père Ouste. Attends dehors jusqu'à ce que tu me voies en sortir. Compris?

— Entendu, répondit Pip, plein d'enthousiasme. Tu peux compter sur moi.

— Merci, mon vieux. »

Fatty raccrocha et se frotta les mains avec un sourire de satisfaction. Le père Ouste ne savait pas ce qui l'attendait!

« Frederick, murmura M. Trotteville, comme son fils prenait place à côté de lui, j'aimerais savoir ce que tu mijotes...

— C'est simple : M. Groddy a voulu me jouer un vilain tour, mais je compte lui rendre la monnaie de sa pièce. Nous allons bien rire! »

Quelques instants plus tard, Fatty et son père arrivaient au domicile du père Ouste en même temps que lui. Comme M. Groddy s'étonnait de trouver sa maison vide,

Mme Mickle parut au coin de la rue, son fils derrière elle.

« C'est invraisemblable ! s'écria-t-elle. Le garçon boucher est venu me raconter qu'on me réclamait chez moi, et c'était une plaisanterie. A qui se fier, je vous jure !... »

Se réservant de débrouiller plus tard ce mystère, M. Groddy se tourna vers le père de Fatty :

« C'est ce garçon, dit-il en désignant Bert, qui a vu votre chien attaquer les moutons. Allons reconnaître le coupable, dans ma remise. »

Et le policeman se dirigea d'un pas solennel vers la maisonnette en planches, tira le verrou et ouvrit la porte.

Hélas ! De chien, point du tout ! Par contre, un chat noir franchit le seuil sans hâte, s'assit au milieu de l'allée et commença à faire sa toilette.

M. Groddy ouvrait de gros yeux exorbités. Fatty éclata d'un rire tonitruant tandis que Bert poussait un hurlement de frayeur. Il avait lui-même aidé à enfermer Foxy dans la remise ! Et voilà que le chien se trouvait remplacé par un gros matou !

M. Groddy restait immobile, la bouche ouverte comme un poisson que l'on vient de tirer de l'eau.

« Ma foi, Groddy, dit M. Trotteville, se retenant de sourire, puisque c'est un chat, et non un chien, qui se trouvait enfermé là-dedans, je pense pouvoir me retirer, et Frederick aussi. Je croyais avoir compris que vous aviez vu vous-même Foxy attaquer les moutons...

— C'est que..., balbutia le policeman, mal à l'aise.

— Bert a pu se tromper, insista M. Trotteville avec froideur. A mon avis vous vous êtes un peu trop empressé de le croire.

— Heu... oui... peut-être!

— Une autre fois, conseilla encore M. Trotteville, vous aurez soin de contrôler les dépositions suspectes avant de songer à déranger les gens.

— Je ne comprends pas, bégaya Groddy. Il y a quelques minutes à peine j'ai entendu aboyer. Le chien était bien dans ma remise... Tenez, je l'entends encore! Est-ce que je deviens fou? Ecoutez vous-même!»

Non, M. Groddy ne devenait pas fou. C'était bel et bien Foxy qui aboyait ainsi. Foxy conduit par Pip, et qui venait de reconnaître la voiture de M. Trotteville, garée le long du trottoir.

Tout le monde se précipita au-dehors. C'était bien le petit terrier qui tirait sur sa laisse en aboyant avec frénésie...

Le père Ouste faillit en tomber à la renverse.

«Salut, Pip! s'exclama Fatty, comme si de rien n'était. C'est gentil de ta part, de promener mon chien. Si tu le lâchais un peu?

— Non, non! protesta M. Groddy, retrouvant tout à coup sa voix. Un instant!»

D'un bond, il rentra chez lui et claqua la porte.

M. Trotteville et les deux garçons éclatèrent d'un grand rire. Sur le chemin du retour, Fatty raconta comment il s'y était pris pour délivrer Foxy. Soudain Pip aperçut Larry, Betsy et Daisy qui traversaient la rue. Sur la demande de son fils, M. Trotteville ralentit aussitôt et déposa les deux amis et Foxy.

Comme ils étaient devant un marchand de glaces, Fatty proposa une tournée générale de sorbets à la fraise. Mais Larry et les deux filles déclinèrent l'invitation. Ils avaient déjà mangé des glaces, et surtout, ils étaient en route vers un but très précis.

« L'autre jour, quand Larry a joué au laveur de carreaux, il a oublié une peau de chamois derrière le bungalow dont il a nettoyé les vitres, expliqua Daisy.

— Je ne m'en étais pas aperçu, avoua l'intéressé d'une voix ennuyée. Je l'avais empruntée à maman et, ce matin, elle l'a cherchée partout. Venez donc nous aider à la retrouver !

— D'accord ! fit Fatty sans hésiter. Ensuite, vous viendrez tous chez moi, et je vous raconterai une drôle d'histoire. Enfin, façon de parler, car Foxy ne doit guère la trouver amusante. »

La troupe se mit en route et arriva sur les lieux, peu après.

« Je reconnais le bungalow, dit Fatty. C'est bien *Green Cottage,* n'est-ce pas ?

— Exact, murmura Larry. Inutile d'y aller tous à la fois. Si je ne retrouve pas ma peau de chamois, je vous appellerai. »

Il se glissa avec précaution dans le jardin, pour en revenir aussitôt, l'air inquiet.

« Dites donc... j'ai entendu quelqu'un crier, dans la maison. J'ai bien cru comprendre "Police ! Police !"

— Vraiment ? s'exclama Fatty. Allons voir de quoi il retourne ! »

Et, d'un pas ferme, ils gagnèrent tous la porte d'entrée.

Larry ne s'était pas trompé : quelqu'un, à l'intérieur, réclamait la police à grands cris !

Chapitre 6
Vol au bungalow

Fatty essaya d'ouvrir, mais sans succès. Se précipitant vers l'une des fenêtres, il tenta de voir au travers. Les autres regardèrent eux aussi...

Des rideaux verts étaient écartés pour permettre à la lumière du jour de pénétrer. Au centre de la pièce, un vieil homme, assis dans un petit fauteuil. De ses poings fermés, il martelait les accoudoirs en criant :

«Police! Appelez la police! Vite!»

«C'est le vieillard que j'ai aperçu quand je lavais les vitres, déclara Larry à voix basse. Que lui arrive-t-il?»

L'homme portait une robe de chambre, par-dessus son pyjama, et une écharpe de laine. Une barbichette grise lui cachait le menton.

Près du poêle, un fauteuil à roulettes d'où pendait une couverture. A portée de l'infirme, sur une table, un poste de radio.

« Cet homme paraît bouleversé dit Fatty. Vite, essayons de passer par-derrière ! »

Contrairement à la porte de la façade, celle de derrière céda à la première pression.

Les Détectives entrèrent, suivis de Foxy. Quand ils surgirent dans la pièce, le vieillard ne les vit, ni ne les entendit.

Il frappait toujours les accoudoirs de son fauteuil en appelant la police. Fatty lui toucha doucement l'épaule et il sursauta. Alors, il cessa de crier, le dévisagea de ses yeux larmoyants. Puis, d'une main tâtonnante, il palpa le blouson du garçon.

« Qui est là ? C'est la police ?

— Non, mais nous vous avons entendu appeler, et nous venons voir ce qui se passe. Pouvons-nous vous aider ? »

A l'évidence, le vieil homme voyait à peine. Et il n'entendait guère mieux... Il se mit à trembler et serra sa robe de chambre autour de lui.

« Retournez près du feu, proposa Fatty. Je vais vous prendre par un bras, et mon ami Larry par l'autre... »

L'infirme se laissa docilement reconduire à son fauteuil roulant. Lorsque Daisy et Betsy lui remontèrent sa couverture et tapotèrent ses oreillers, il ne protesta pas.

« Qui êtes-vous ? Allez prévenir la police, je vous en prie, insista-t-il.

— Dites-nous d'abord ce qui est arrivé, l'invita Daisy.

— Quelque chose de terrible. Une catastrophe. Mes économies ont disparu ! Oui. Tout mon argent ! Que vais-je devenir, maintenant ? »

Prenant bien soin de parler très fort, Fatty demanda :

« Comment savez-vous que votre argent a disparu ? Vous ne placiez donc pas vos économies à la caisse d'épargne ou dans une banque ?

— Je n'ai aucune confiance dans les banques, jeune homme. Je gardais mon argent ici, caché dans un endroit où personne ne pouvait le trouver. Hélas ! Hélas ! Il est parti !

— Où le cachiez-vous donc ? » interrogea Larry.

L'homme prit un air malicieux.

« Vous n'en saurez rien. C'est mon secret.

— Dites-le-nous, et nous chercherons, nous aussi, proposa Daisy. Peut-être avez-vous mal regardé. Peut-être votre argent est-il toujours là ? »

L'infirme secoua la tête d'un air obstiné.

« Appelez la police. Je veux parler à la police ! Deux cents livres ! On m'a volé deux cents livres... toutes mes économies ! La police trouvera le voleur et me rendra mon bien. La police ! Je veux la police ! »

Fatty n'avait pas la moindre envie d'alerter M. Groddy qui, à lui seul, constituait toute « la police » de Peterswood. Il s'empresserait de prendre l'affaire en main et écarterait les Détectives.

«Quand vous êtes-vous aperçu de la disparition de votre argent? demanda le garçon.

— Il y a environ dix minutes. J'ai voulu m'assurer qu'il était toujours dans sa cachette et je ne l'y ai plus trouvé. Oh! Comment a-t-on pu dépouiller un malheureux comme moi! Appelez la police!

— Mais oui, mais oui, nous allons l'appeler. Dites-nous seulement quand vous avez vu votre argent pour la dernière fois... Vous vous en souvenez?

— Bien sûr que je m'en souviens! C'était cette nuit, vers minuit. J'étais au lit, mais je n'arrivais pas à dormir. Je me suis donc inquiété de mon argent, comme cela m'arrive souvent. Vous comprenez, je vis seul ici, depuis que ma fille est partie... Mon argent était toujours dans sa cachette.

— Par conséquent, le voleur s'est manifesté entre ce moment-là et tout à l'heure... Quelqu'un est venu vous voir, ce matin?

— Oui, oui, bien sûr. Mais ma mémoire n'est pas très bonne : je ne me rappelle pas tous mes visiteurs. Ma petite-fille est venue, ça j'en suis sûr! Elle vient chaque jour faire mon ménage, la chère enfant! L'épicier est passé aussi. Enfin, il me semble... Appelez donc la police, je vous en supplie!»

Fatty allait être obligé de prévenir

M. Groddy, et cela l'ennuyait terriblement. A cet instant, un pas résonna dans l'allée. Puis on frappa à la porte. La poignée joua et, sous une poussée violente, le battant qui avait résisté à Fatty s'ouvrit sur un jeune homme vêtu avec recherche.

« Tiens ! Des visiteurs..., fit-il étonné. Des amis de mon grand-oncle, sans doute ? Bonjour, mon oncle. Vous allez bien ?

— Ah ! Wilfrid ! C'est toi ! s'exclama l'infirme. Si tu savais ce qui m'arrive ! On m'a volé mon argent !

— Quoi ?... Au fond, cela ne m'étonne

pas. Depuis le temps que je vous supplie de prendre un compte en banque!

— Envolé, tout mon argent! Toutes mes économies!

— Peut-être avez-vous mal cherché, mon oncle. Voyons, où cachiez-vous votre petit trésor? Je vais y jeter un coup d'œil.

— Je ne le dirai à personne, même pas à toi, Wilfrid. Ce que je veux, c'est la police!»

Devant l'obstination du vieillard, Fatty se résigna.

«Je vais téléphoner...

— Au fait, que faites-vous ici, les enfants? demanda Wilfrid, soudain méfiant.

— Rien. Nous passions, mes amis et moi, quand nous avons entendu votre grand-oncle crier. Nous sommes entrés pour voir ce qui lui arrivait... Je constate que vous n'avez pas le téléphone. Je vais appeler la police de chez l'un de vos voisins.»

Les Détectives se rendirent aussitôt à *Jolly Cottage,* juste en face du bungalow. Une jeune femme avenante répondit au coup de sonnette de Fatty. Françoise Winston, sans doute. La sœur du Français rencontré quelques jours plus tôt.

Fatty lui expliqua en quelques mots que son voisin avait été victime d'un vol.

«Le pauvre homme! s'exclama Mme Winston. Bien sûr, que vous pouvez utiliser mon téléphone! Venez, c'est par ici.»

Elle guida le petit groupe jusqu'à une pièce donnant sur l'entrée. Sur un divan, près de la fenêtre, un homme encore jeune était allongé, en proie à une toux violente.

«Mais on se connaît! s'écria-t-il quand sa toux fut calmée. C'est vous qui m'avez indiqué le chemin, l'autre jour.

— Exactement! dit Fatty. Désolé de vous déranger, mais un vol a été commis chez votre voisin, et il tient à ce que j'appelle la police.»

Il décrocha le combiné et composa le numéro. Presque aussitôt la grosse voix de Groddy retentit, à l'autre bout du fil.

«Ici le poste de police de Peterswood...
— Heu... ici... Frederick Trotteville. Je voulais seulement vous avertir que...»

Une sorte de grognement, puis un claquement. M. Groddy venait de raccrocher dans un mouvement d'humeur.

«Ça alors! murmura Fatty, interloqué. Je n'imaginais pas ce vieil Ouste si rancunier... Bon, recommençons, il n'y a pas autre chose à faire.»

Cette fois encore, la voix du père Ouste lui répondit.

«Ecoutez, monsieur Groddy... Il s'agit d'une affaire sérieuse. On vous réclame à

Green Cottage, dans l'allée des Houx. Pour un vol....

— Inutile de chercher à me faire marcher, grommela le policeman. Et si vous insistez, j'enverrai un rapport à mes supérieurs. Si je filais à *Green Cottage,* vous seriez bien capable de revenir enfermer mon chat dans ma remise. Je commence à vous connaître, espèce de vaurien!

— Je vous en prie, monsieur Groddy. Ecoutez-moi! s'écria Fatty. Un vol a bel et bien été commis à *Green Cottage* et...»

Crac! Le père Ouste venait de raccrocher. Fatty en fit autant de son côté et esquissa un geste signifiant : je n'y peux rien!

«Groddy est fou. Il s'imagine que je me moque de lui. Qu'allons-nous faire?

— A ta place, suggéra Daisy, je téléphonerais à l'inspecteur Jenks lui-même.

— Bonne idée!»

Et Fatty décrocha l'appareil pour la troisième fois...

Chapitre 7

M. Groddy à l'œuvre

Fatty obtint sans difficulté le commissariat central de la ville voisine et demanda à parler à l'inspecteur Jenks.

« Il est absent, répondit une voix. C'est de la part de qui ?

— De Frederick Trotteville. Un vol a été commis à *Green Cottage,* allée des Houx, à Peterswood. La victime m'a demandé de vous prévenir.

— Frederick Trotteville, répéta la voix, au bout du fil. N'êtes-vous pas un ami personnel de l'inspecteur ?

— Mais oui !

— Je lui transmettrai votre message. Cependant, vous auriez dû vous adresser directement à la police de Peterswood.

— J'ai essayé, affirma Fatty, mais... heu... sans résultat. Peut-être pourriez-vous alerter vous-même M. Groddy?

— Entendu!»

C'est ainsi que la sonnerie du téléphone dérangea une fois de plus le policeman. Hargneux, il décrocha. Fatty lui paierait son insolence!

«Allô! Qu'est-ce que vous voulez encore? hurla-t-il dans l'appareil.

— Allô! fit une voix ne cachant pas sa surprise. Policeman Groddy? Un certain Frederick Trotteville vient de nous...

— Pouah!

— Comment? Que dites-vous? s'enquit la voix, de plus en plus surprise.

— Rien... Alors, que vous a dit ce garçon?

— Il nous a signalé qu'un vol venait d'avoir lieu à *Green Cottage,* allée des Houx...»

M. Groddy en resta bouche bée. Ainsi, Fatty ne s'était pas payé sa tête! Il lui avait bien dit la vérité! Quelle histoire!

«Heu!... ah!... oui!... bafouilla-t-il. Très bien... J'y vais tout de suite. Comptez sur moi!»

Il raccrocha, sauta sur sa bicyclette et partit en pédalant à toute vitesse.

A la villa *Jolly Cottage,* les cinq Détectives bavardaient avec le Français — il leur apprit qu'il s'appelait Henri Crozier.

« Je suis encore souffrant, leur dit-il, et je passe mes journées étendu sur ce divan. D'ici, je vois très bien la porte d'entrée de *Green Cottage.*

— Vous nous avez donc aperçus, lorsque nous sommes entrés dans le bungalow, remarqua Fatty en jetant un coup d'œil par la fenêtre.

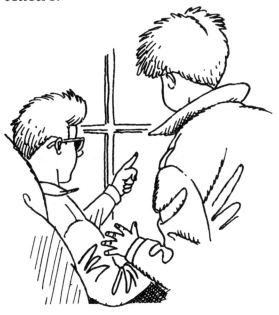

— Parfaitement. J'ai d'abord vu ce garçon, Larry, c'est bien votre prénom n'est-ce pas ? Mais vous avez vite redescendu l'allée en courant. Vers vos camarades. »

Larry rougit. Pourvu qu'Henri ne lui demande pas pourquoi il avait pénétré dans le jardin ! Cette histoire de peau de chamois lui paraîtrait ridicule, même suspecte....

Heureusement un événement fit diversion.

« Regardez ! s'écria Françoise Winston en entrant dans la pièce. La police est arrivée. »

En effet, de la fenêtre, le petit groupe vit M. Groddy en train de frapper à la porte de *Green Cottage*. Wilfrid lui ouvrit, et ils disparurent tous deux à l'intérieur de la maison.

Les enfants s'aperçurent alors qu'ils étaient en retard pour le déjeuner et s'empressèrent de prendre congé de leurs nouveaux amis.

« Revenez nous voir, proposa gentiment Mme Winston. Cela distraira mon frère. »

Fatty remercia et promit. Savoir si M. Groddy n'aurait pas l'idée d'interroger Henri et sa sœur ? Dans ce cas, il apprendrait l'intrusion de Larry dans le jardin et ne manquerait pas de poser des questions à ce sujet. Quel dommage que Larry ait été obligé de revenir chercher cette peau de chamois! Il est vrai que, s'il ne l'avait pas fait, il n'aurait pas entendu les appels désespérés du pauvre M. Collins.

«Avec tout ça, je n'ai toujours pas récupéré la peau de chamois. Si j'y allais encore une fois? proposa Larry.

— Non, dit Fatty d'une voix ferme. Tu as envie que Groddy vienne te demander ce que tu fais là? Laisse tomber. Nous réglerons cette affaire plus tard!»

Les Détectives rentrèrent donc chez eux. Chemin faisant, Fatty réfléchissait. Pourquoi M. Collins avait-il refusé de révéler sa cachette? Il se pouvait qu'il ait dissimulé son argent dans un endroit inhabituel, dont il ne se souvenait plus. Son petit trésor se trouvait peut-être encore dans la maison.

Larry affirmait avoir vu le vieil homme palper le dessous de tous les sièges, le jour où il s'était fait passer pour un laveur de carreaux. Cela signifiait-il qu'il cachait ses économies tantôt ici, tantôt là? Qu'il les répartissait en plusieurs endroits? Hum... Au fond, il s'agissait d'un vol ordinaire, si vraiment il y avait eu vol. Et Groddy n'aurait aucun mal à découvrir le voleur : il lui suffirait de passer au crible tous les gens venus chez Collins dans la matinée.

Dans le courant de l'après-midi, le policeman se présenta au domicile des Trotteville et demanda à parler à Fatty. Jane, la bonne, l'introduisit dans le salon où le chef des Détectives le rejoignit. Comme Foxy trottait sur les talons de son maître, le père Ouste lança un coup d'œil malveillant au petit chien.

« Vous désirez me voir, monsieur Groddy? demanda Fatty avec une exquise politesse. Que puis-je pour vous?

— C'est au sujet de ce vol...

— Je vous assure que je ne suis pas coupable!

— Je le sais bien! soupira Groddy, comme s'il le regrettait. Ce que je veux savoir, c'est par quel hasard vous vous trouviez sur les lieux lorsque M. Collins a appelé à l'aide... Je trouve curieux que vous et vos amis soyez toujours là quand quelque chose d'anormal arrive.

— Si c'est là tout ce que vous avez à me dire, inutile de continuer. Ce n'est pas notre faute, à mes amis et à moi, si nous étions là quand M. Collins a appelé! Au revoir, monsieur Groddy! »

Le policeman parut regretter ce qu'il venait de dire.

« Voyons, voyons, ne vous fâchez pas! lança-t-il sur un ton bon enfant. Je vous faisais seulement remarquer une coïncidence qui m'avait frappé. C'est vrai : vous êtes toujours là quand la police doit intervenir. Il n'y a pas de mal à le constater, n'est-ce pas?

— Vous prétendez que nous espionnons, si j'ai bien compris! observa Fatty, sourcils froncés.

— Pardonnez-moi! Je me suis sans doute mal exprimé!»

M. Groddy sortit un immense mouchoir de sa poche, essuya son front mouillé de transpiration, puis ajouta :

«Oublions tout cela. Je me serais bien dispensé de vous interroger, mais le règlement est le règlement. Il faut que je vous pose quelques questions, vous comprenez?

— Posez toujours! Nous verrons bien.»

M. Groddy passa au questionnaire d'usage. A quelle heure ses amis et lui étaient-ils arrivés à *Green Cottage*? Avaient-ils vu quelqu'un? L'intérieur de la maison leur avait-il paru en désordre? Qu'avait dit au juste le vieux M. Collins?

Fatty dit la vérité, passant seulement sous silence l'histoire de la peau de chamois. Le policeman conclut que les enfants s'étaient trouvés allée des Houx au cours d'une banale promenade. A la fin de l'interrogatoire, un peu rougissant, il se permit de demander à Fatty ce qu'il pensait de l'affaire.

«A mon avis, vous n'aurez aucun mal à dénicher le voleur. M. Collins a dû vous donner le nom de tous ses visiteurs de la matinée?

— Hélas! Sa mémoire n'est plus très bonne. Il ne sait plus si certaines personnes sont venues hier ou aujourd'hui. Peut-être même a-t-il oublié où il avait rangé son argent : dans ce cas, ses économies n'ont pas été volées du tout. Ce n'est pas votre avis?»

Fatty n'avait nulle envie d'aider le policeman. Il ne pouvait lui pardonner d'avoir donné de l'argent à Bert pour qu'il vole le pauvre Foxy. Aussi se leva-t-il brusquement, signifiant ainsi à M. Groddy que l'entretien était terminé.

Chapitre 8

La promesse de Fatty

Ce jour-là, les cinq Détectives et leur chien se réunirent chez Pip vers trois heures et demie. Mme Hilton avait permis à ses enfants d'inviter leurs camarades à goûter à condition de tout préparer eux-mêmes. Pip et Betsy avaient donc acheté quantité de gâteaux et dressé la table.

Quand Fatty, Larry et Daisy arrivèrent, ils ouvrirent des yeux ronds à la vue de tant de choses délicieuses.

«Jamais nous n'aurons le courage d'attendre l'heure du goûter! soupira Daisy en contemplant avec convoitise une énorme assiette de macarons.

— Il y a même des biscuits pour toi, mon vieux Foxy!» s'exclama Fatty.

Le chien renifla, sortit sa langue rose et... avala un biscuit.

«En voilà des manières! Est-ce que ton maître se comporte ainsi?» plaisanta le chef des Détectives.

Pour passer le temps, ils se mirent à jouer aux cartes. Tandis que Pip les distribuait, Fatty parla de la visite de M. Groddy.

«Comment as-tu pu arriver à te montrer poli avec cet odieux individu? s'exclama Larry. Quand je pense qu'il voulait livrer Foxy à la fourrière!

— Tu sais, je ne tenais pas à faire un éclat et à le braquer contre nous : j'avais trop peur qu'il cherche à savoir pourquoi nous nous trouvions là-bas. Vraiment, Larry, tu aurais pu te dispenser d'oublier cette peau de chamois! Ça ne m'étonnerait qu'à demi que le père Ouste la déniche, en fouinant dans le jardin.

— Je suis encore plus ennuyé que toi! Cette peau, il faut à tout prix que je la récupère. Maman ne cesse de la réclamer.

— Ne te tracasse pas. Je m'en charge! Cette nuit j'irai à *Green Cottage*. Compte sur moi, mon vieux, tu auras ta peau de chamois demain matin.

— A propos du vol, demanda Daisy, est-ce que nous allons nous en occuper nous-mêmes, ou laisser le père Ouste se débrouiller?

— Peuh! L'affaire ne présente pas grand intérêt. Ou bien l'argent est toujours là-bas, dans une cachette que le vieux Collins a oubliée, ou bien quelqu'un au courant de ses habitudes l'a chipé. Ça ne peut être qu'un familier de la maison, et ce cher père Ouste l'aura vite découvert. Ne nous en mêlons pas.

— D'accord... Cependant je voulais faire remarquer une chose : la seule personne au courant des allées et venues à *Green Cottage* est Henri Crozier. De son divan, il voit ce qui se passe chez M. Collins.

— Oui, tu as raison, Daisy. Je suppose que M. Groddy désirera l'interroger. Pourvu qu'Henri n'aille pas lui révéler que Larry est entré dans le jardin tout seul, avant nous...

— Je vous l'avais bien dit que c'était idiot de me transformer en laveur de carreaux! bougonna Larry.

— Ce qui est fait est fait!» trancha le chef des Détectives.

Au terme d'une partie de cartes, fort animée, le petit groupe passa à table. Et le goûter fut tout autant animé! A tel point que, au beau milieu d'une imitation de M. Groddy, Pip dégringola de sa chaise et glissa sur le parquet, entraînant à sa suite un cake découpé en tranches.

Au bruit, Mme Hilton accourut.

« Que se passe-t-il, les enfants ?... Oh ! Pip ! Veux-tu te relever. En voilà des façons de te tenir à table ! Ne m'oblige pas à revenir », dit-elle en refermant la porte.

Un peu confus, Pip se remit debout. Apercevant les débris de cake sur le plancher, Foxy abandonna son coin et s'avança en remuant la queue, plein d'espoir.

« Du calme, Foxy, ordonna son maître. Tu as assez mangé comme ça. Sinon gare à l'indigestion ! »

Betsy plaida en faveur du petit chien qui eut droit à une demi-tranche de gâteau. Pour manifester sa reconnaissance, il lécha tour à tour chacun des enfants.

Le reste de l'après-midi passa à une vitesse inimaginable. Soudain, Fatty consulta sa montre :

« Ma parole, il est presque sept heures ! Et tu dînes à sept heures et demie, n'est-ce pas, Pip ?

— Oui, oui... chez nous, l'heure, c'est l'heure ! Je regrette de vous bousculer, mes amis, mais vous savez que nos parents ne plaisantent pas avec la discipline. Au revoir et à bientôt ! »

Fatty, Larry et Daisy remercièrent leurs petits amis puis, suivis de Foxy, ils prirent congé.

Comme il commençait à faire nuit, ils

mirent le phare de leurs bicyclettes en marche.

« Quel dommage que nous n'ayons pas un bon petit mystère, bien croustillant, à nous mettre sous la dent! regretta Larry.

— Ça peut encore venir, répliqua Fatty. Vos lampes fonctionnent bien? Parfait! Au revoir, les amis. A demain. »

Ils se séparèrent et chacun rentra chez soi. Fatty avait mal dormi la nuit précédente. Aussi, ce soir-là, tombait-il de sommeil.

« Je vais me coucher de bonne heure, décida-t-il en pédalant. Je prendrai un livre, je lirai un chapitre et puis... dodo! »

Ce programme fut exécuté en tous points, à la grande surprise de M. et Mme Trotteville qui avaient l'habitude de voir leur fils veiller bien plus tard. Suivi de son inséparable Foxy, le garçon monta dans sa chambre dès neuf heures.

Après avoir pris son bain, il se glissa avec délices dans ses draps. Ouvrant son livre, il en parcourut une page ou deux et s'endormit sans même avoir eu le temps d'éteindre sa lumière.

La demie de neuf heures sonna. Puis dix heures. Dix heures et demie. Onze heures. Maintenant, toute la maisonnée dormait. Seule la lumière de Fatty brillait encore.

Foxy resta tranquille un grand moment. Puis il commença à s'agiter. Bizarre... Ce soir, son maître ne lui avait pas fait faire sa promenade quotidienne...

Enfin, d'un bond, il sauta sur le lit de Fatty. Le jeune garçon s'éveilla en sursaut.

« Nom d'un chien! C'est toi, petit démon! s'exclama-t-il en se redressant. J'ai cru qu'un cambrioleur m'attaquait. Quelle heure est-il?... Oh! Onze heures et demie. Ne me dis pas que tu veux sortir à cette heure de la nuit! Ne compte pas sur moi. »

Fatty tendait la main vers l'interrupteur, quand il s'interrompit.

« Zut ! J'avais complètement oublié... La peau de chamois de Larry. Moi qui lui avais promis d'aller la récupérer ! »

Seule la fatigue pouvait expliquer cet oubli. Il devait se rendre à *Green Cottage*. Puisqu'il l'avait promis à Larry...

« Mon vieux Foxy, tu l'auras quand même, ta promenade ! » lança-t-il en se levant pour s'habiller à la hâte.

Mais en fait de promenade, un étrange événement allait retenir Fatty dehors plus longtemps que prévu...

Chapitre 9
Un étrange manège

Fatty descendit au rez-de-chaussée sur la pointe des pieds. Foxy le suivait en silence, comme s'il sentait d'instinct qu'il devait éviter de faire du bruit.

« Nous allons sortir par la porte de derrière, mon vieux », lui confia son maître dans un souffle.

Et peu après, ils débouchaient tous deux sur la route.

Foxy adorait se trouver dehors la nuit. Les odeurs étaient plus pénétrantes, les ombres plus inquiétantes. Pour manifester sa joie, il fit une cabriole et lécha la main de son maître.

«En route pour *Green Cottage*! J'espère que nous retrouverons la peau de chamois de Larry. Si je n'arrive pas à mettre la main dessus, je compte sur ton flair.

— Ouah!» fit Foxy en remuant la queue.

Les deux compagnons traversèrent le village endormi.

L'éclairage municipal s'éteignit à l'instant même où ils atteignaient l'allée des Houx. Il était donc minuit. Fatty empoigna sa torche. Sans elle, il n'y aurait pas vu à deux pas.

Arrivé à la porte de *Green Cottage,* il s'arrêta pour écouter. Aucun bruit... Il pouvait agir en toute tranquillité.

Le garçon poussa la porte du jardin, la referma doucement et remonta l'allée centrale, Foxy sur ses talons. Puis il contourna le bungalow et atteignit les buissons près desquels Larry pensait avoir oublié sa peau de chamois. Avec précaution, il promena le faisceau de sa torche de côté et d'autre. Sans succès, hélas!

Pestant tout bas contre Larry, le chef des Détectives s'approcha de la haie qui séparait le jardin de M. Collins de celui de son voisin. Après tout, le vent pouvait avoir emporté de l'autre côté la peau de chamois une fois sèche. Aussi Fatty enjamba-t-il la haie, toujours suivi de Foxy qui s'était faufilé par une brèche.

Le jardin du voisin était mieux entretenu que celui de M. Collins. Fatty en eut bientôt fait le tour : la peau de chamois restait introuvable. Pourvu que le père Ouste ne l'ait pas découverte!

Soudain, le chef des Détectives entendit du bruit. Aussitôt il éteignit sa lampe de poche. Une voiture arrivait. Fatty décida d'attendre que le véhicule ait dépassé *Green Cottage* avant de rallumer sa torche et poursuivre ses recherches.

Mais la voiture s'arrêta à proximité, dans la rue. Fatty fronça les sourcils. Qu'est-ce que cela signifiait ? Pourquoi ne rentrait-elle pas dans un garage ? Que faisait-elle là, si tard dans la nuit ?

Soudain, le garçon se rappela qu'un médecin habitait une maison voisine. Peut-être était-il revenu chercher un remède d'urgence qu'il allait apporter à un patient...

Le chef des Détectives se blottit sous un buisson et attendit. Foxy, à côté de lui, était parfaitement immobile et silencieux. Le conducteur avait arrêté son moteur. Tout à coup, Fatty entendit un coup assourdi, puis un autre... Puis il lui sembla que quelqu'un haletait, comme ployé sous un lourd fardeau.

Que se passait-il ? Les bruits ne provenaient pas du côté de la maison du médecin, mais de beaucoup plus loin. A l'évidence, le véhicule était arrêté devant *Green Cottage*.

Poussé par la curiosité, Fatty se coula jusqu'à la haie séparant les deux jardins et, toujours suivi de Foxy, la franchit avec précaution.

« Chut, Foxy ! Surtout, tiens-toi tranquille ! » recommanda-t-il dans un souffle.

Le chien obéit, les oreilles dressées, intrigué lui aussi. Fatty se glissa de buisson en buisson et, soudain, s'immobilisa. Il venait d'apercevoir la lueur dansante d'une lampe de poche, dans l'allée du vieux Collins. Celui qui s'en servait transportait quelque chose de lourd, car il haletait sous l'effort.

Soudain, Fatty perçut des chuchotements. Il n'y avait donc pas une, mais deux personnes. De qui pouvait-il bien s'agir? Et que faisaient-elles là, à cette heure tardive? Et s'il était arrivé malheur à ce pauvre M. Collins? Pourquoi ne pas jeter un coup d'œil dans la chambre de l'infirme? D'après Larry, elle se trouvait à l'arrière de la maison.

Toutes ces pensées se bousculaient dans l'esprit du chef des Détectives et restaient sans réponse. Il était temps d'agir!

«Je vais contourner le bungalow, songea-t-il, puis rallumer ma torche et donner un coup d'œil par la fenêtre. Espérons que les volets ne seront pas fermés! Si M. Collins dort paisiblement, au moins, je serai rassuré sur son sort.»

Au moment où Fatty allait rallumer sa lampe, un bruit caractéristique lui parvint. Des ronflements sonores... Aucun doute, le vieil homme dormait à poings fermés. Restait à découvrir ce qui se passait dans la rue.

Le garçon revint donc à son poste d'observation, toujours en grand silence.

Soudain, la porte de la façade se referma doucement, quelqu'un toussa... Enfin, un autre bruit de porte refermée, une sorte de claquement étouffé, cette fois. Une portière d'automobile, sans doute. Presque aussitôt, le moteur ronronna de nouveau. Le véhicule démarra...

Fatty courut jusqu'au portail et alluma vite sa torche. Trop tard! Il n'aperçut que l'ombre d'un véhicule imposant, s'éloignant, tous feux éteints. Impossible de distinguer son numéro d'immatriculation.

«Tout cela est plutôt louche, se dit Fatty. Qu'est-ce que ces gens sont venus chercher ici? J'ai bien envie de regarder par l'une des fenêtres de devant!»

Malheureusement, de lourds rideaux verts tirés avec soin empêchèrent le garçon de jeter un coup d'œil dans la pièce.

Déçu, il tenta d'ouvrir la porte. Mais elle était fermée à clef. Le mystère s'épaississait. Pourquoi ces étranges visiteurs étaient-ils venus à *Green Cottage* au milieu de la nuit?

A nouveau, le chef des Détectives fit le tour du bungalow et, cette fois, utilisa sa lampe pour regarder dans la chambre à coucher. M. Collins dormait toujours à poings fermés. Le réveiller n'aurait servi qu'à l'inquiéter. Il était plus sage d'attendre le matin et de procéder à une petite enquête en se gardant bien d'aviser M. Groddy.

Aussi Fatty rentra-t-il chez lui avec son chien. Ce dernier s'endormit vite dans son panier, mais lui, il eut un mal fou à trouver le sommeil : il n'était pas rassuré de savoir le vieil homme tout seul.

Bien entendu, le lendemain matin il se réveilla très tard. Sa toilette et son petit déjeuner expédiés, Fatty enfourcha sa bicyclette. Pour le suivre, Foxy dut courir.

« Un peu d'exercice te fait du bien. Tu finirais par devenir trop gras, si je te transportais toujours dans ton panier ! »

Bientôt, les deux inséparables atteignirent *Green Cottage*. La porte d'entrée était toujours close, mais les rideaux verts, ouverts, encadraient les fenêtres. Fatty s'en approcha tout doucement, coula un regard à l'intérieur de la maison et...

M. Groddy était là, dans le living-room ! Un M. Groddy majestueux, l'air grave. A côté de lui se tenait... Henri Crozier. Quant à M. Collins, il était invisible.

Voilà une découverte des plus inattendues ! Mais, il n'était pas au bout de ses surprises. Le mobilier du living-room avait entièrement disparu. La pièce était vide. Il n'y avait plus rien... pas même le tapis qui, la veille encore, couvrait le sol.

Bouche bée, Fatty resta là, le regard fixé sur la fenêtre. Soudain M. Groddy se retourna et l'aperçut.

« Encore vous! s'écria-t-il en ouvrant les deux battants. Pour quelle raison êtes-vous ici? Personne n'est encore au courant de ce qui vient d'arriver!

— Et... que vient-il d'arriver? »

Henri Crozier allait donner des explications à Fatty, quand M. Groddy l'en empêcha d'un ton furieux. Mais le garçon ne s'avoua pas vaincu pour autant. Il fallait qu'il sache ce qui s'était passé et il le saurait! Aussi se mit-il à interroger Henri en français, lui demandant de lui répondre dans la même langue. Malgré les protestations du père Ouste, Henri entra dans son jeu.

Vers sept heures et demie, donc, ce matin-là, il avait été réveillé par quelqu'un qui appelait.

« Je n'y aurais pas prêté grande attention, si les cris n'avaient continué un bon moment, avoua Henri. Aussi, je me suis habillé et je suis sorti pour voir de quoi il retournait... Les cris venaient de *Green Cottage*...

— Je vois, murmura Fatty, sourcils froncés.

— C'était le vieux M. Collins qui appelait. Je me suis précipité. La porte était fermée. J'ai dû la forcer. Une fois dans la pièce où nous nous trouvons actuellement, j'ai constaté qu'elle avait été vidée de tous ses meubles. Il ne reste rien. Seulement les rideaux! Les cambrioleurs qui ont opéré ce singulier déménagement avaient pris soin de les tirer pour n'être pas vus de l'extérieur... En se réveillant, ce matin, M. Collins a roulé son fauteuil d'infirme jusqu'ici : découvrant le vol, il a poussé les hurlements qui m'ont réveillé.

— Pour un mystère, c'est un fameux mystère! soupira Fatty. Ce n'est pas votre avis, monsieur Groddy?»

Chapitre 10
Suspects et indices

M. Groddy n'avait nulle envie de discuter avec Fatty : il se trouvait en présence d'une énigme fort embarrassante et il ne possédait aucun indice capable de l'aider à la débrouiller.

«Allez, ouste! dit-il au chef des Détectives. Cette affaire ne vous regarde pas.

— Laissez-moi tout de même voir comment va ce pauvre M. Collins!»

Passant devant le corpulent policier, Fatty se rendit dans la chambre à coucher du vieil homme. Mais M. Groddy le suivit.

« D'abord mon argent! Et maintenant, tous mes meubles! Que vais-je devenir? » se lamentait le malheureux.

Fatty lui posa quelques questions. Comme il était dur d'oreille, le pauvre homme n'avait rien entendu. Au réveil, il n'avait pu que constater la disparition de son mobilier.

M. Groddy prit quelques notes sur son calepin.

« Monsieur, je dois vous demander l'adresse de votre petite-fille. Je la préviendrai et elle viendra certainement vous chercher. Vous ne pouvez pas rester ici. »

La petite-fille de M. Collins s'appelait Mary Ann King et habitait Marlow, la ville voisine.

« Mais je ne veux pas aller habiter là-bas, s'écria le vieux en pleurnichant. Je préfère continuer à vivre ici. J'ai l'habitude de mon chez-moi!

— Et moi je vous répète qu'il faut partir! » hurla le policier, comme s'il craignait de ne pas se faire entendre.

Le vieillard se recroquevilla dans son lit d'un air apeuré.

« Ne criez donc pas comme cela, monsieur Groddy. Vous voyez bien que vous l'effrayez! » déclara Fatty.

Henri Crozier venait d'entrer à son tour dans la chambre de M. Collins.

«Vous savez, murmura-t-il. J'ai une idée. Ma sœur est gentille : elle se fera un plaisir de mettre sa petite chambre d'amis à la disposition de son voisin, en attendant. Ainsi, il ne serait pas dépaysé et vivrait avec nous jusqu'à ce que sa petite-fille le persuade de la suivre. Qu'en pensez-vous?

— L'idée n'est pas mauvaise, admit le policeman en achevant d'inscrire l'adresse de Mary Ann sur son calepin. Vous serez aimable de tout fermer derrière vous, en partant. Moi, je dois retourner au poste pour rédiger mon rapport.»

Puis, se tournant vers Fatty :

«Allez, ouste! Filez et vite!»

Et M. Groddy s'éloigna en bougonnant. Bien entendu, Fatty se garda de quitter la maison.

Il fallut un certain temps pour expliquer à M. Collins qu'on lui proposait de s'installer chez ses voisins pour quelques jours. Il y serait entouré et réconforté. Comprenant que tous agissaient pour son bien, il accepta assez volontiers.

Henri Crozier alla prévenir sa sœur de l'arrangement puis, tandis qu'elle préparait la chambre d'amis, il revint chercher le vieil homme. Aidé de Fatty, il l'accompagna à la villa. Bientôt, M. Collins se trouva confortablement installé dans un lit bien chaud, avec

une bonne tisane. Fatty profita de l'absence du policeman pour revenir au bungalow.

Ce qui s'était passé la nuit dernière lui paraissait fort troublant. M. Collins devait avoir caché ses économies dans un de ses meubles, peut-être plusieurs. Et maintenant, l'argent s'était envolé avec le mobilier...

Il devait bien y avoir des indices. Pour commencer, toutes les personnes ayant rendu visite à M. Collins la veille au matin, avant l'instant où il avait découvert le vol, pouvaient être considérées comme suspectes.

Fatty se promit donc d'en dresser une liste. Puis il examina la chambre à coucher. Le lit ne présentait aucun intérêt. M. Collins n'avait certes jamais dû cacher son argent dans son matelas : pour cela, il aurait fallu le coudre et le découdre, chose impossible, à cause de sa mauvaise vue. L'oreiller, lui non plus, n'avait pu servir de cachette. La table et la chaise étaient sans mystère. Quant aux lattes du parquet, elles étaient toutes solidement clouées au sol.

« Décidément, je n'y comprends rien, songea Fatty. Pourquoi avoir déménagé le mobilier au milieu de la nuit alors que l'argent avait déjà été volé dans la matinée? A moins que... A moins que le voleur du mobilier n'ait eu la conviction que l'argent était toujours là, caché dans l'un des meubles. Il n'aura pas voulu courir le risque de tout fouiller sur place, préférant emporter les meubles pour chercher le magot en toute tranquillité. Non, à la réflexion, cela paraît stupide. Mais tout n'est-il pas stupide, dans cette histoire? Qu'en penses-tu, mon vieux Foxy?

— Ouah!» répondit le chien, sans conviction. L'inspection du bungalow ne l'intéressait pas, et il manifestait même une certaine impatience.

Fatty ferma la maisonnette de M. Collins avec la clef que lui avait confiée Henri Crozier. Puis il tenta de récupérer la peau de chamois de Larry, mais sans succès. Abandonnant, il alla sonner à la porte de *Jolly Cottage*.

Mme Winston l'accueillit avec amabilité.

« Entrez vite, lui dit-elle. Vous allez boire une bonne tasse de thé avec nous. Mon frère désire vous parler. »

Comme Fatty, de son côté, souhaitait avoir un petit entretien avec Henri, il ne se fit pas prier. Il comptait bien obtenir du Français la liste de toutes les personnes venues à *Green Cottage* au cours de la matinée précédente.

Cette liste fut vite établie. Elle comportait six noms :

1. Une dame distribuant des journaux et des magazines.
2. Le laveur de carreaux.
3. Le garçon épicier.
4. Un homme, au volant d'une voiture immatriculée ERT 100, et porteur d'une serviette.
5. Un autre homme, bien habillé, jeune, qui n'était resté qu'une minute.
6. Enfin une jeune fille qui, elle, s'était longuement attardée.

« Six suspects! commenta Fatty en plissant le front. Cela signifie beaucoup d'alibis à contrôler. Je me demande si M. Collins pourra nous fournir des renseignements intéressants sur ces personnes.

— Il dit que sa petite-fille Mary Ann est venue faire son ménage, déclara Henri. Ce doit être elle le numéro six. Collins croit également se rappeler que son neveu Wilfrid est passé le voir. Mais sa mémoire n'est plus très bonne. Je peux vous fournir quelques détails supplémentaires, si cela vous intéresse. Par exemple, la femme aux journaux portait un manteau rouge et un chapeau gris garni de roses, rouges également.

— Et le garçon épicier?

— Il est arrivé sur un triporteur au nom de Welburn, précisa Henri qui semblait excellent observateur. J'ai remarqué qu'il avait les cheveux roux.

— Savez-vous si le laveur de carreaux avait son nom écrit sur son seau?» s'enquit Fatty en songeant que l'employé en question avait dû trouver les vitres de M. Collins bien propres puisque Larry les avait nettoyées un ou deux jours plus tôt.

Non, Henri Crozier n'avait rien remarqué.

«J'aimerais débrouiller ce mystère, lui confia le chef des Détectives. Il va falloir éplucher cette liste. Je suppose cependant que nous pouvons éliminer d'emblée le garçon épicier.

— Ce n'est pas certain, il est resté un long moment à *Green Cottage.* Il peut avoir pris l'argent comme les autres.

— Oui, vous avez raison... »

Après avoir bavardé quelques instants encore, Fatty se leva pour prendre congé. Françoise Winston l'invita à revenir afin de lui faire part de la progression de son enquête.

En sortant de *Jolly Cottage,* Fatty alla reprendre sa bicyclette appuyée contre la grille du jardin de M. Collins. Soudain une pensée traversa son esprit. La voiture avait emporté le mobilier cette nuit : elle devait avoir laissé des traces de pneus dans la terre meuble du chemin. En fait de voiture, il s'agissait certainement d'une camionnette, plus pratique pour transporter des meubles. Fatty découvrit bientôt des marques bien visibles et inscrivit avec soin l'écartement des roues sur son carnet. Enfin, il nota le dessin des pneus. Il allait partir quand il remarqua des traces de peinture marron sur un réverbère : le véhicule avait dû se garer trop près...

Chapitre 11
Les Détectives tiennent conseil

A trois heures de l'après-midi, les Détectives rejoignirent Fatty dans sa remise. Ils le trouvèrent fort occupé à relire des notes recopiées avec soin sur trois grandes feuilles.

Ils bouillaient de curiosité : Fatty les avait convoqués par téléphone sans leur donner beaucoup d'explications.

« Salut ! s'écrièrent-ils en chœur en pénétrant dans la remise.

— Salut !

— Dis donc, commença Larry ; sais-tu ce que l'on raconte, depuis ce matin ? Au beau milieu de la nuit, des malfaiteurs auraient déménagé le mobilier de M. Collins, y compris son lit. On aurait retrouvé le pauvre vieux assis par terre, à même le plancher... »

Fatty éclata de rire.

« C'est tout de même un peu exagéré ! Certains meubles ont bien disparu, mais pas ceux de la chambre à coucher. M. Collins n'a rien entendu. Il faut dire que le déménagement s'est effectué dans un silence total.

— Comment le sais-tu ? s'étonna Pip. Tu n'y étais tout de même pas !

— Ma foi, si. Je me trouvais là-bas au moment du cambriolage. »

Les compagnons de Fatty n'en revenaient pas !

« Tu étais... sur les lieux ? répéta Larry en ouvrant de grands yeux. A *Green Cottage* ?... Cette nuit ? Au moment où l'on emportait les meubles ?... Mais alors, pourquoi n'es-tu pas intervenu ?

— Je ne me suis pas rendu compte de ce qui se passait, voilà tout ! L'obscurité était complète et ces gens, je vous le répète, opéraient en silence... Bon, si je vous ai réunis, c'est pour vous fournir tous les détails que je connais.

— As-tu retrouvé ma peau de chamois? demanda Larry. Ce matin encore, maman la réclamait à grands cris.

— Hélas non! avoua Fatty. J'ai pourtant fouillé partout. Souhaitons que le père Ouste ne l'ait pas récupérée.

— Ne vous inquiétez pas. Il ne se doutera jamais qu'elle nous appartient, fit remarquer Daisy. Maman n'aura qu'à en acheter une autre.»

Fatty prit ses feuilles de notes et les étala devant lui.

«Voilà. J'ai résumé ici les événements de la nuit dernière. Ouvrez grand vos oreilles! Ensuite, nous discuterons afin de dresser un plan d'action. D'accord?

— Entendu. Nous t'écoutons, répondit Pip en se calant sur son siège.

— Soyez prêts à faire fonctionner vos méninges! recommanda Fatty. Foxy, assieds-toi et reste tranquille.»

Docile, Foxy s'assit sur son derrière, pencha la tête et dressa les oreilles.

«Le mystère, commença Fatty, semble débuter au moment où Larry, arrivant à *Green Cottage,* a vu un vieillard se traîner sur le sol en tâtonnant sous les meubles. Nous savons maintenant qu'il agissait ainsi pour s'assurer que ses économies étaient toujours à leur place. Ce magot, une somme de deux cents livres, était dissimulé en bloc dans un seul meuble ou, au contraire, réparti dans plusieurs sous forme de petites liasses. La cachette la plus plausible me paraît consister en un trou pratiqué dans le bois d'une chaise ou d'un fauteuil.

— Au fait, coupa brusquement Daisy, notre femme de ménage m'a raconté que M. Collins était tapissier de son métier, quand il était plus jeune. Il a donc pu prévoir une cachette dans un siège, qu'en penses-tu?

— Qu'est-ce que c'est, un tapissier ? demanda Betsy.

— Tu ne sais pas ça, à ton âge ! s'exclama Pip avec dédain. Un tapissier est un artisan qui recouvre les chaises et les fauteuils, fait les rideaux...

— A mon avis, le détail a son importance, dit Fatty. Je parierais que le vieux Collins a aménagé quantité de cachettes dans ses meubles ! »

Daisy était ravie : elle avait, en quelque sorte, apporté un élément à l'enquête.

« Et maintenant, je continue, déclara le chef des Détectives.

— Vas-y ! lança Betsy, d'une voix enjouée.

— J'en arrive au moment où nous sommes allés à *Green Cottage* pour y chercher la peau de chamois oubliée par Larry. Nous avons alors entendu Collins appeler la police à grands cris. Le malheureux affirme que son argent était toujours dans sa cachette habituelle, la nuit précédente aux environs de minuit. Entre-temps, six personnes se sont rendues chez lui sous différents prétextes.

— Ces six personnes constituent donc nos suspects », fit remarquer Larry.

Fatty approuva d'un signe de tête, et reprit :

« Au début, nous avons tous pensé qu'il s'agissait d'un vol très simple, que Groddy arriverait facilement à démêler. Les événements de la nuit dernière m'ont fait changer d'avis. Je suis allé à *Green Cottage* pour chercher la peau de chamois et je suis arrivé juste au moment où une voiture, ou plutôt un petit camion, déménageait le mobilier du vieux monsieur.

— Extraordinaire! murmura Larry.

— Pour parler franchement, continua Fatty, je ne peux pas dire que j'ai vraiment vu quelque chose. J'ai appris ce matin seulement que les visiteurs de minuit avaient emporté le mobilier. Quant au véhicule utilisé, je n'ai aperçu que son ombre. J'avais d'abord songé à une grosse voiture. C'est seulement après avoir examiné les traces dans le chemin que je penche pour un petit camion, plus pratique d'ailleurs, pour ce genre de besogne. A un moment, j'ai cru que l'on enlevait Collins lui-même. Mais je l'ai vu ensuite endormi dans son lit, et cela m'a rassuré.

— Que pensais-tu qu'il se passait? interrogea Pip avec curiosité.

— Je n'avais aucune idée précise. J'entendais des bruits sourds, des halètements, un vague murmure... Tout est allé très vite. Que faire? J'ai préféré rentrer chez moi avec la ferme intention de retourner à *Green Cottage* de bonne heure ce matin. Ce que j'ai fait et... Ma parole! Quel choc!

— Raconte! Vite! s'exclama Betsy, les yeux brillants.

— Qu'est-ce que je vois, en arrivant? Groddy et Henri Crozier! M. Collins leur racontait le nouveau vol dont il venait d'être la victime.

— Quoi! M. Groddy était là! s'exclama Daisy.

— Il venait d'arriver... En voyant le living-room vide de ses meubles, j'ai tout de suite compris à quelle besogne s'étaient livrés les visiteurs nocturnes. Mais, bien sûr, je n'ai rien dit.

— Que s'est-il passé ensuite? demanda Betsy.

— Pas grand-chose. M. Groddy est parti. La sœur d'Henri Crozier a recueilli Collins chez elle pour quelque temps. Avec Henri, nous avons dressé une liste des personnes venues hier matin à *Green Cottage,* considérées comme suspectes. Enfin, j'ai trouvé sur place un indice qui pourrait se révéler important par la suite : les empreintes laissées dans la boue du chemin par les roues du véhicule des malfaiteurs. Il est certainement de couleur marron, car j'ai relevé une trace de peinture sur le réverbère près duquel il s'est arrêté.»

Fatty montra alors à ses amis le dessin des pneus. Il s'agissait visiblement de pneus neufs, au relief caractéristique. Puis il en vint à sa liste des suspects.

«Nous en avons six, par ordre d'arrivée. Une dame distribuant journaux et prospectus. Un laveur de carreaux. Un garçon épicier. Un homme en voiture. Un jeune homme élégant qui n'a fait que passer, et enfin une jeune fille qui est restée longtemps. Le suspect numéro un portait un manteau rouge et un chapeau à fleurs. La voiture du suspect numéro quatre était immatriculée ERT 100. Le garçon épicier avait les cheveux roux...

— Quelle liste! soupira Larry. Quand je pense qu'il y a même un laveur de carreaux! Il a dû s'apercevoir que les vitres étaient propres.

— Possible, fit le chef des Détectives en riant. J'espère interroger M. Collins, lorsqu'il sera remis de ses émotions. Il pourra peut-être nous donner des détails sur ses visiteurs. Et il va y avoir à coup sûr des tas d'alibis à contrôler.

— Je n'aime pas beaucoup ça, murmura Betsy. Je suis d'une nullité.

— Mais non! Pour commencer, je vais

vous charger d'une mission, Pip et toi. Votre mère est cliente chez Welburn, l'épicier : arrangez-vous pour rencontrer son livreur et le faire parler.

— D'accord, dit Betsy. Mais j'y pense... la femme au manteau rouge... Ce doit être la sœur du curé. Je sais qu'elle distribue le bulletin paroissial le matin de bonne heure.

— Facile à vérifier. Maman la connaît. Je vais passer à *Green Cottage* pour voir si le dernier bulletin y a été déposé hier. Dans ce cas nous pourrions tout de suite éliminer cette dame.

— Reste les quatre suivants..., remarqua Pip. Nous nous occuperons de retrouver la voiture immatriculée ERT 100. Il faudra regarder le numéro de toutes les autos que nous rencontrerons sur notre route.

— Savoir qui est ce jeune homme élégamment vêtu qui n'a fait qu'une brève visite ? demanda Daisy.

— Et la jeune fille qui, au contraire, s'est attardée ? » ajouta Betsy.

Fatty referma son calepin.

« Sans doute Mary Ann King, la petite-fille de Collins. Elle vient souvent faire le ménage... Maintenant au travail ! Pip et Betsy prennent contact avec le garçon épicier aux cheveux roux de chez Welburn. Larry, tu vas me reproduire en quatre exemplaires le tracé des pneus du camion. Chacun conservera une copie pour l'étudier. Moi, je vais essayer d'en apprendre un peu plus long sur les six suspects. Pendant ce temps, Daisy, tu ne resteras pas inactive : emmène Foxy pour une petite promenade! tu en profiteras pour ouvrir l'œil. Tâche de repérer la voiture immatriculée ERT 100. D'accord?

— D'accord!» répondirent en chœur les Détectives.

Et, plein d'enthousiasme, chacun partit accomplir sa mission.

Chapitre 12
Fatty enquête

Fatty se rendit droit à *Jolly Cottage*. Henri Crozier et sa sœur l'accueillirent à bras ouverts. Aimable et bien élevé, le jeune Trotteville leur était sympathique.

Fatty s'installa au chevet d'Henri qui, encore convalescent, passait la majeure partie de son temps sur son divan, près de la fenêtre.

« J'aimerais vous poser quelques questions à propos de nos six suspects..., commença le jeune garçon.

— M. Groddy m'a interrogé lui aussi... »

Décidément, le père Ouste avait le don d'arriver avant Fatty dans cette affaire!

« Monsieur Crozier, vous souvenez-vous si tous les suspects ont pénétré à l'intérieur de *Green Cottage*?

— Oui, tous! indiqua Henri sans hésiter. La porte n'était pas fermée à clef. Les visiteurs n'avaient qu'à tourner le loquet pour entrer... et c'est ce qu'ils ont fait.

— Comment! Le laveur de carreaux aussi?

— Mais oui! Au fait, ma sœur affirme que cet homme est le même que celui qui vient nettoyer les vitres ici. Comme chaque fois, il est venu chez nous avant d'aller chez Collins.

— Elle le croit honnête?

— Tout à fait. N'empêche que vous pourriez le rencontrer, Frederick.

— D'accord, venons-en à la dame au manteau rouge. Il est possible que ce soit la sœur du curé : elle distribue le bulletin paroissial.

— C'est vrai qu'elle ressemble assez à une dame patronnesse! Elle aussi, elle est entrée à *Green Cottage,* mais elle n'est pas restée longtemps.

— Passons au jeune homme élégamment vêtu qui, lui non plus, ne s'est pas attardé.

— Eh bien, j'y ai pensé... Ce garçon est passé lorsque vous étiez là. Vous l'avez vu... Vous ne savez pas de qui il s'agit?

— Si, bien sûr! s'exclama Fatty, étonné. C'est un parent de M. Collins : son petit-neveu, Wilfrid. Ça, par exemple! Il avait déjà rendu visite à son oncle dans la matinée? Très intéressant! Je vais me débrouiller pour trouver son adresse et j'irai l'interroger.

— La jeune fille, reprit Henri, doit être Mary Ann King. Elle tient le ménage de son grand-père et s'occupe aussi de l'entretien de ses vêtements. Restent le garçon épicier et l'homme à la voiture. Sur lequel de tous ces gens portent actuellement vos soupçons, Frederick?

— Aucun, en particulier, avoua le chef des Détectives. La personne qui me semble la moins suspecte est cependant la dame aux prospectus. Mais je vérifierai tout de même. Ce qui m'ennuie, c'est que M. Groddy l'aura sans doute déjà questionnée. Cela risque de me compliquer la tâche.»

Fatty prit aussitôt congé de ses hôtes et, enfourchant sa bicyclette, pédala jusqu'au presbytère. Il cherchait le moyen d'entrer en contact avec la sœur du curé quand il l'aperçut devant son jardin, occupée à tailler la haie à l'aide d'énormes cisailles.

Mettant pied à terre, il s'approcha pour la saluer. C'était une petite femme, au visage bienveillant, qui connaissait très bien Mme Trotteville.

«Tiens! Frederick! s'exclama-t-elle en levant les yeux. Bonjour. Vous désirez voir mon frère?

— Heu... non. En vérité, c'est vous que je désirerais voir. J'en ai pour une minute à peine... C'est au sujet de ce pauvre M. Collins...

— Le malheureux! s'exclama la sœur du curé. J'étais moi-même passée chez lui dans la matinée. Mais il n'avait pas encore découvert le vol. Je lui ai remis le bulletin paroissial: à l'occasion sa petite-fille lui en fait la lecture. Je l'ai trouvé dans son fauteuil, détendu, presque souriant, en train d'écouter la radio. Le poste marchait du reste si fort que l'on pouvait à peine s'entendre...

— Auriez-vous, par hasard, remarqué quelque chose de suspect? s'enquit Fatty, heureux d'avoir si aisément obtenu le renseignement désiré.

— Non. Tout m'a semblé normal. J'ai déposé mon magazine sur la table, j'ai dit quelques mots aimables à M. Collins, puis je suis repartie.

— Eh bien, je vous remercie, mademoiselle. Quelle vilaine histoire! Au revoir...

— Comment avez-vous su que j'étais allée hier à *Green Cottage*? demanda la sœur du curé, au moment où Fatty s'apprêtait à sortir.

— Oh... je l'ai appris incidemment, répliqua le jeune garçon, un peu gêné. Encore mille fois merci. Au revoir, mademoiselle!»

Et il s'éloigna, heureux de pouvoir rayer au moins un suspect sur sa liste. Il ne s'était pas trompé. La dame au manteau rouge et la sœur du curé ne faisaient qu'une seule et même personne. Et l'on ne pouvait évidemment pas soupçonner la bonne demoiselle d'avoir dépouillé M. Collins.

«Je me demande si Groddy l'a questionnée, songea Fatty. Non, sans doute, car elle m'en aurait parlé. C'est curieux!»

Il ne pouvait deviner que M. Groddy n'avait pas songé à faire un rapprochement entre la femme au manteau rouge et la sœur du curé. Le signalement de la personne distribuant des magazines avait éveillé un écho fort différent chez le policeman.

Une femme au vêtement rouge (veste ou manteau, peu importait!)... un chapeau à fleurs... ah! ah!... voilà qui correspondait tout à fait à la personne qui lui avait vendu un billet de loterie, et lu les lignes de la main!

Pauvre M. Groddy! Il était loin de se douter que sa diseuse de bonne aventure n'était autre que Fatty déguisé! Sans hésiter, il se rendit droit à la villa des Trotteville et sonna. La femme en rouge ne lui avait-elle pas assuré qu'elle y habitait momentanément?

Lorsque Ouste arriva, Fatty venait tout juste de rentrer. Occupé à se laver les mains à la cuisine, il aperçut le policeman par la fenêtre. Bizarre... Que venait-il donc faire ici? Après s'être essuyé les mains à la hâte, il se précipita dans le living-room où sa mère était en train de coudre. Presque aussitôt, Jane annonça :

« M. Groddy est là, madame. Il désire vous parler un instant. »

Mme Trotteville fronça les sourcils. Elle n'aimait pas beaucoup cet homme.

« Faites-le entrer. Reste, Frederick. Sa visite te concerne peut-être... »

Le visiteur fit une entrée majestueuse, son casque à la main.

« Bonjour, madame. Si cela ne vous dérange pas, j'aimerais avoir un entretien avec l'amie qui loge chez vous en ce moment.

— Mais... je ne loge personne! répliqua la mère de Fatty, fort surprise.

— Désolé de vous contredire : votre amie est venue me voir l'autre jour. Elle m'a vendu un billet de loterie au bénéfice de la Croix-Rouge, et c'est elle-même qui m'a appris qu'elle habitait chez vous pour trois semaines. Je voudrais lui poser quelques questions. J'ai de bonnes raisons de croire qu'elle compte parmi les personnes qui sont allées à *Green Cottage* juste avant que le propriétaire, M. Collins, ne découvre qu'il venait d'être volé... »

Fatty eut beaucoup de mal à garder son sérieux. Voilà pourquoi le policeman n'avait pas questionné la sœur du curé! Il s'imaginait que sa visiteuse était la femme au manteau rouge! Ça, c'était magnifique. On allait bien rire!

Mme Trotteville, cependant, ne riait pas, elle.

«En vérité, monsieur Groddy, je ne comprends rien à ce que vous me racontez, dit-elle avec froideur. Il y a fort longtemps que je n'ai hébergé une amie à la maison.

— Mais elle m'a vendu un billet de loterie!

— Que voulez-vous que j'y fasse?

— Et puis, elle a lu dans ma main, insista M. Groddy, de plus en plus décontenancé. Ce qu'elle m'a dit était vrai, vous savez... »

Il s'interrompit, confus, n'osant pour-

suivre... Pris d'une quinte de toux irrésistible, Fatty plongea dans son mouchoir.

«Je regrette vraiment, reprit Mme Trotteville, glaciale, mais je suppose que cette femme vous a menti. Cependant, elle ne vous a pas volé, puisque vous pouvez gagner un très joli lot avec votre billet de loterie. Allons, je crois que nous n'avons plus rien à nous dire. Navrée de ne pouvoir vous aider!»

M. Groddy émit un vague grognement et se leva pour partir. Qui pouvait donc être la femme au manteau rouge? Ne lui avait-elle pas révélé des choses vraies? Bizarre! Bizarre!

Fatty rejoignit le policeman dans le hall.

«Vous partez, monsieur Groddy? Curieux, que votre visiteuse ait prétendu habiter ici, n'est-ce pas? A propos, avez-vous progressé dans cette histoire de vol à *Green Cottage*? Je suppose que vous avez déjà recueilli pas mal d'indices?»

M. Groddy le foudroya du regard.

«Oui, répondit-il brutalement. J'ai progressé... et même plus que vous ne vous en doutez, monsieur le malin! Tâchez surtout de vous tenir à l'écart de cette affaire. Vous pourriez le regretter, je vous préviens!»

Et, sans dissimuler son animosité à l'égard du chef des Détectives, il passa devant lui d'un pas ferme. Fatty s'empressa pour lui ouvrir la porte.

«Au revoir, monsieur Groddy. Oh!... J'y pense! La femme qui a lu dans les lignes de votre main ne vous a-t-elle pas mis en garde contre un gros garçon, par hasard? Elle l'a fait, n'est-ce pas? Eh bien, suivez son conseil. Méfiez-vous de lui!»

Sur quoi, tout doucement, il referma la porte derrière le policeman stupéfait.

Comment Frederick Trotteville pouvait-il savoir ce que la diseuse de bonne aventure avait déchiffré dans sa paume? Voilà qui était fort troublant pour M. Groddy!

Chapitre 13
Foxy fait du bon travail

Comme il était tard, Fatty jugea préférable d'attendre le lendemain matin pour poser quelques questions au laveur de carreaux. Il rejoindrait ensuite ses amis vers dix heures. Ils auraient peut-être du nouveau à lui apprendre.

« Après notre réunion, se promit encore Fatty, je rendrai visite à Wilfrid, le petit-neveu de Collins, et je tâcherai de rencontrer aussi sa petite-fille, Mary Ann. Nous arriverons bien à y voir plus clair! En attendant, ce pauvre nigaud de père Ouste part à fond de train sur une mauvaise piste... celle de la diseuse de bonne aventure! Il aura du mal à mettre la main dessus!»

Le lendemain, donc, Fatty se leva tôt et endossa de vieux vêtements afin de pouvoir passer, aux yeux du laveur de vitres, pour un jeune ouvrier cherchant de l'embauche.

Il expédia son petit déjeuner tout en relisant, une fois encore, ses notes. Décidément, cette double histoire de vol était bien embrouillée! Perplexe, Jane l'observait.

Le chef des Détectives possédait l'adresse du laveur de carreaux — qui se nommait fort à propos Glass! C'était la sœur d'Henri qui la lui avait donnée. L'homme habitait à l'autre bout de Peterswood. Pourtant, Fatty partit à pied : sa bicyclette, un modèle de luxe, n'était pas du genre de celles que possèdent des garçons à la recherche d'un emploi aussi modeste.

Foxy sur ses talons, Fatty parcourut d'un bon pas la distance qui le séparait du domicile de Glass. Il arriva bientôt devant un pavillon annonçant une certaine aisance. Sur le banc, devant la porte, un homme était assis, en train de faire reluire ses chaussures. Apercevant soudain Fatty, il lui sourit.

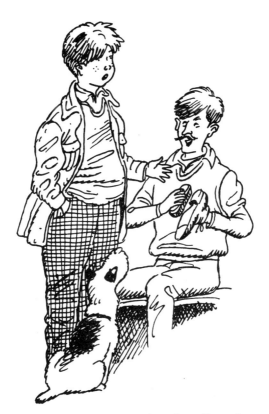

«Salut, mon gars! s'écria-t-il gaiement. Tu as besoin de quelque chose?

— Ma foi, oui! répondit Fatty. J'ai entendu dire que vous étiez laveur de carreaux. Si vous pouviez me donner des renseignements sur votre métier... Voyez-vous, il me tente assez et... je cherche du travail.»

Glass le considéra d'un air pensif.

« Tu me plais, déclara-t-il enfin. J'ai idée que tu ne dois pas rechigner à la tâche. Voyons, que dirais-tu d'entrer à mon service comme apprenti ? Justement, je cherche quelqu'un. Tu es libre ?

— Heu... non pas avant quelques jours ! » répliqua vivement Fatty, embarrassé.

Là-dessus, il se mit à poser des questions au brave homme... Combien coûtait une échelle ? Pouvait-on s'en procurer une d'occasion ?

« Inutile de chercher une échelle pour l'instant, expliqua Glass. Tu auras la mienne à ta disposition. Réfléchis à mon offre et donne-moi une réponse ferme dès que possible.

— C'est entendu, je vous remercie beaucoup... »

La conversation se poursuivit, amicale. Avec habileté, Fatty l'aiguilla sur le cambriolage de *Green Cottage*.

« Je suis au courant, déclara Glass en commençant à astiquer sa seconde chaussure. J'ai justement fait les vitres du bungalow le matin du vol. Je passe là-bas régulièrement chaque mois. D'ailleurs, cette fois, les vitres n'étaient pas sales du tout. Bizarre, non ? Lorsque je suis entré pour présenter ma facture, je l'ai fait remarquer à M. Collins. Sa petite-fille était là, en train de repasser. Elle a paru surprise de me voir : en effet, un autre laveur de carreaux avait lavé les vitres sans même réclamer son argent, deux jours plus tôt. Vraiment, je ne comprends rien à cette histoire.»

Fatty écoutait avec la plus grande attention. Pourvu que le policeman ne se montre pas trop curieux, s'il entendait parler d'un autre laveur de carreaux !

«La police ne vous a pas demandé si vous aviez aperçu quelque chose de suspect, lorsque vous étiez là-bas? interrogea-t-il.

— Non. Je n'ai eu aucun contact avec la police. De toute façon elle ne me fait pas peur : je ne peux être soupçonné de ce vol, puisque la petite-fille du vieux monsieur n'a pas quitté la pièce.

— Bien sûr, dit Fatty en rayant mentalement un deuxième nom sur sa liste de suspects. Allons, il faut que je m'en aille. Merci beaucoup pour votre proposition. Je vais y réfléchir.»

Le chef des Détectives s'éloigna, perplexe... Pourquoi le père Ouste n'avait-il pas interrogé Glass?

Fatty arriva chez Pip peu après dix heures. Tous les autres étaient déjà là, réunis dans la salle de jeux.

«Qu'est-ce qui ne va pas? s'écria Fatty,

frappé par leur air abattu. Betsy, on dirait que tu vas pleurer!

— Oh, Fatty! soupira Daisy. Il s'est passé quelque chose de terrible... de vraiment terrible! Le père Ouste a trouvé la peau de chamois oubliée par Larry... et notre nom — Daykin — est marqué dessus à l'encre de Chine. Une manie de maman...

— La barbe! s'exclama Fatty, très ennuyé, en se laissant tomber sur un siège.

— Nous voilà dans un beau pétrin, murmura Larry. Bien entendu, M. Groddy sait que je m'appelle Larry Daykin. Il pensera que l'un de nous cinq a voulu faire une farce en se déguisant en laveur de carreaux. Et il en conclura que ce laveur de carreaux est précisément celui qui est venu à *Green Cottage* le matin du vol.

— C'est certainement ce qu'il va penser, reconnut Fatty. Au fait, comment l'avez-vous appris? Le père Ouste est allé chez toi avec la peau de chamois, Larry?

— Bien entendu! Et il l'a gardée, sous prétexte qu'il s'agissait d'une "pièce à conviction".

— En plus, intervint Daisy, c'est qu'il nous a interrogés! Il voulait savoir si l'un de nous avait lavé les vitres de *Green Cottage* le matin du vol. Heureusement que Larry était allé là-bas deux jours plus tôt! Nous lui avons donc répondu que non. Mais je me demande s'il nous a crus.

— Très peu probable, soupira son frère. Il ne cessait de répéter : "Comment cette peau de chamois s'est-elle trouvée dans les buissons?" Qu'est-ce que papa va dire quand il apprendra ça?»

Fatty se leva, l'air décidé.

«Je sais ce qu'il me reste à faire. Je vais de ce pas trouver le père Ouste et remettre les choses au point.

— Comme cela? s'enquit Larry.

— Eh bien, voyez-vous, j'ai interrogé le véritable laveur de carreaux... et il est hors de cause. Pendant qu'il était à *Green Cottage,* Mary Ann King s'y trouvait aussi, en train de repasser. Il n'a donc pas eu la possibilité de prendre l'argent.

— Ouf! Je me sens soulagé! s'écria Larry. Si M. Groddy peut rayer le laveur de carreaux de sa liste, il ne viendra plus m'ennuyer.»

Fatty s'en alla avec Foxy, laissant les autres d'humeur beaucoup plus joyeuse. Apercevant la bicyclette du policeman appuyée contre le mur de son domicile, il frappa à la porte. Mme Mickle lui ouvrit.

«Bonjour, madame! M. Groddy est là?

— Mais oui... Si vous voulez bien me suivre dans son bureau. Par ici...»

Mme Mickle fit entrer le visiteur dans le petit bureau. M. Groddy ne s'y trouvait pas. En revanche, posée sur une chaise, il y avait... la peau de chamois tant convoitée!

«Foxy! Regarde! s'exclama Fatty, les yeux brillants. Qu'est-ce que c'est? Attrape! Kss, Kss!»

Foxy ne se fit pas prier. Il se précipita, saisit la peau de chamois entre ses crocs pointus et visiblement captivé par ce jeu, commença à la traîner autour de la pièce.

«Allez! Emporte-la! Va dehors!» ordonna son maître en se dépêchant d'ouvrir la porte d'entrée.

Le chien bondit dans le jardin en poussant des grognements de plaisir.

Il était temps! M. Groddy arriva, l'air majestueux et content de lui. N'avait-il pas réussi à impliquer Larry et Daisy dans l'affaire de *Green Cottage*? Larry était certainement le laveur de carreaux, donc suspect. Son père serait sûrement fâché de l'apprendre.

Fatty n'allait pas tarder à le décevoir...

«Bonjour, monsieur Groddy. Je suis venu en pensant que vous seriez peut-être intéressé par une démarche que j'ai faite ce matin. Voilà... J'ai interrogé le laveur de vitres qui est passé chez M. Collins, le matin du vol, un certain Glass, habitant à l'autre bout de Peterswood. Voici son adresse...

— Quoi?»

Alors, Fatty raconta en détail ce qu'il avait appris, et conclut que le laveur de carreaux devait être rayé de la liste des suspects.

Au lieu de le remercier de sa collaboration, M. Groddy roula des yeux furieux. Mais rirait bien qui rirait le dernier! Il avait une pièce à conviction! Au fait, où était-elle passée? Le malheureux Groddy eut beau explorer le bureau du regard : la peau de chamois s'était volatilisée.

« Vous cherchez quelque chose? s'enquit Fatty d'une voix suave.

— Une peau de chamois... Elle a disparu!

— Oh! Mon Dieu! J'espère que Foxy ne l'a pas chipée! Il est là, justement, dans la rue, en train de jouer... On dirait qu'il tient quelque chose dans sa gueule... »

M. Groddy se pencha à la fenêtre et aperçut la peau de chamois... ou plutôt ce qu'il en restait. Car Foxy l'avait lacérée à tel point quelle était à peine reconnaissable.

« Encore ce chien de malheur! hurla le policeman au comble de la fureur. Attendez un peu que je l'attrape!

— Je m'en charge! s'écria Fatty. Croyez-moi, il le regrettera! »

Et, sans attendre le moindre commentaire, il s'élança hors de la pièce, un sourire aux lèvres.

Chapitre 14

Interview d'un garçon épicier

Fatty retourna chez Pip aussi vite qu'il le put. Mais, Mme Hilton l'informa que ses camarades étaient allés manger une glace.

«Ne vous inquiétez pas, je me débrouillerai bien pour les retrouver!» lança-t-il en se mettant en route vers le village, toujours suivi de son inséparable Foxy.

Arrivé dans la grand-rue, il s'arrêta au Bazar Central et acheta une magnifique peau de chamois qu'il fourra dans sa poche.

Quelques instants plus tard, il aperçut ses amis occupés à savourer d'énormes glaces dans la meilleure pâtisserie de Peterswood.

«Tout est arrangé?» demanda vivement Betsy.

Fatty fit signe que oui et s'empressa de commander une nouvelle tournée de glaces.

«Je viens d'aller chez le père Ouste! annonça-t-il. Je l'ai informé de mon entrevue avec le laveur de carreaux. Si vous aviez vu sa tête!

— Je l'imagine facilement! s'exclama Larry en éclatant de rire. Il a dû être terriblement déçu d'apprendre qu'il ne peut plus me coller sur le dos l'étiquette de "suspect". N'empêche qu'il a toujours la peau de chamois et qu'il ne se privera pas d'aller trouver papa.

— Foxy, viens ici!» ordonna le chef des Détectives.

Le petit chien s'avança, frétillant. Dans sa gueule, la fameuse peau de chamois, en lambeaux...

«Regardez bien, messieurs-dames! Voilà du bel ouvrage de chien de détective! Foxy a volé cette peau marquée Daykin et l'a mâchonnée jusqu'à la rendre méconnaissable. Reconnaissez que ce n'est pas du travail d'amateur!

— Quoi! s'écria Larry. Ce serait la peau que le père Ouste a... Oh! Foxy! Tu es vraiment le plus malin des toutous!

— Il mérite une glace! déclara Daisy, pleine d'admiration.

— Merci, mon vieux, dit Larry en serrant la main de Fatty. Finalement, dans cette affaire, maman est la seule victime. Cette fois, elle a bel et bien perdu sa peau de chamois.

— A propos, j'oubliais..., murmura le chef des Détectives. Un petit cadeau pour ta mère.

— Oh! Merci! Voilà qui met un point final à cette stupide affaire...

— Fatty! s'écria Betsy, changeant brutalement de sujet de conversation. Moi aussi, j'allais oublier quelque chose... Pip et moi, nous avons vu le garçon épicier hier soir, quand il est venu livrer les provisions de la semaine.

— Parfait! Alors?

— Nous l'avons guetté, et Pip a engagé la conversation sous prétexte de lui emprunter sa pompe à vélo. Raconte, Pip...

— Oh! Il a été très facile de le faire parler. Je lui ai demandé s'il allait quelquefois livrer à *Green Cottage,* là où un vol venait d'être commis, et il s'est empressé de me donner des détails sur sa dernière visite là-bas. Rien de bien intéressant, en fait...

— Dis toujours, ordonna Fatty.

— En arrivant, il a frappé, comme d'habitude, en criant : "C'est le garçon épicier, monsieur." Quelqu'un a répondu : "Entrez!" et il a obéi.

— Qui a-t-il trouvé dans la maison?

— Le vieux Collins, bien sûr, en train d'écouter son poste de radio. Sa petite-fille Mary Ann, aussi, occupée à coudre une étoffe verte. Elle l'a prié de déposer le contenu de son panier sur la table... ce qu'il a fait.

— Et c'est tout, conclut Betsy. Le livreur a écouté un moment les informations, puis est reparti.

— En effet, Henri Crozier m'avait signalé que le garçon épicier était resté un certain temps dans le bungalow : pas étonnant, s'il écoutait la radio. Par ailleurs, il n'a pu voler l'argent de Collins puisque sa petite-fille était là.

— Après tout, murmura Larry, c'est peut-être *elle* la voleuse.

— Ce n'est pas impossible, admit Fatty. Mais, à ce qu'on raconte, c'est quelqu'un de bien. Elle soigne son vieux grand-père avec beaucoup de dévouement. Enfin, on ne sait jamais... »

Le chef des Détectives tira son carnet de sa poche, l'ouvrit à la page marquée « Suspects », et raya trois noms de sa liste : ceux du garçon épicier, du laveur de carreaux et de la dame aux prospectus. Puis, il expliqua aux autres comment il avait éliminé cette dernière, qui était effectivement la sœur du curé. Il leur apprit aussi que le père Ouste s'était lancé sur la fausse piste de... la fausse diseuse de bonne aventure. Cette nouvelle fut accueillie par une tempête de rires.

« Le pauvre vieux ! murmura Daisy en essuyant des larmes de joie. Son enquête n'est pas près d'aboutir ! Voyons, Fatty, que nous reste-t-il encore comme suspects ? »

Se penchant sur la liste de son ami, elle lut à haute voix :

« Un homme au volant d'une voiture immatriculée ERT 100 et porteur d'une serviette... Tu sais, Fatty, j'ai ouvert l'œil, mais sans succès. J'espère avoir plus de chance, une autre fois... Qu'est-ce qui vient ensuite ?

— Le neveu, Wilfrid, dit Fatty. Je vais essayer de le rencontrer afin de savoir ce qu'il voulait à son oncle, ce matin-là. D'après Henri Crozier, il lui a fait une courte visite dans la matinée. Un peu plus tard, si vous vous en souvenez, il est revenu au moment où nous étions là-bas, en train d'écouter les plaintes du vieux monsieur.

— Oui, murmura Pip. Et à ce moment-là, Mary Ann était déjà partie. Sais-tu où habite ce Wilfrid, Fatty ?

— M. Crozier m'a donné son adresse, répondit ce dernier en tournant les pages de son carnet. M. Collins la lui a indiquée pour qu'il avertisse son neveu de ce qui lui était arrivé...La voici : Marlow, 82, Spike Street. Mary Ann demeure également à Marlow, mais pas à la même adresse que son cousin.

— Quand iras-tu les voir tous deux ? demanda Daisy. Aujourd'hui ?... Pourrons-nous t'accompagner ?

— Excellente idée ! Rendez-vous à trois heures devant chez moi, avec vos bicyclettes. Nous en profiterons pour prendre le thé à Marlow. »

Ils réglèrent les consommations et sortirent. Foxy toisait les chiens qu'il croisait dans la rue, des lambeaux de peau de chamois dans la gueule. Ce jour était pour lui un jour de gloire !

En passant devant un parking, Fatty eut l'idée d'y faire un tour pour voir si la mystérieuse voiture immatriculée ERT 100 ne s'y trouvait pas. Le manège des enfants intrigua le gardien.

« Que cherchez-vous ? leur demanda-t-il... Une auto marquée ERT ? Il n'y en a aucune pour l'instant.

— Tant pis ! » soupira Fatty en entraînant ses amis.

Peu après, comme ils passaient devant la maison d'une amie de Daisy, ils en virent sortir un homme, une serviette à la main.

« C'est le docteur Holroyd ! dit Daisy. Bonjour, docteur. Comment va Margaret ?

— Son angine est presque guérie, répondit le médecin en souriant. Au revoir, les enfants. »

La-dessus, il s'engouffra dans sa voiture et démarra. Betsy poussa un cri.

« Regardez ! ERT 100 ! C'est la voiture que nous cherchions.

— Ça alors ! murmura Fatty en ouvrant de grands yeux. L'homme à la serviette ! C'était donc le médecin ! Bravo, Betsy, d'avoir repéré son numéro !

— Tu vas l'interroger ? demanda Pip.

— Bien sûr que non. Ce n'est certainement pas lui qui a pris l'argent. L'autre matin, il n'a fait qu'une brève visite au vieux Collins, histoire de le rassurer sur sa santé, j'imagine. Il est temps d'aller déjeuner. A cet après-midi ! Rendez-vous chez moi à trois heures. Nous nous occuperons de nos deux derniers suspects. »

Chapitre 15

Une disparition

Les cinq Détectives et leur chien se retrouvèrent comme convenu.

« Je vais mettre Foxy dans son panier, déclara Fatty. Viens, Foxy. Tu risquerais d'être fatigué, à trotiner sur tes petites pattes ! »

Ravi, Foxy se carra dans le panier et le petit groupe se mit en route.

Marlow se trouvait à environ cinq kilomètres de Peterswood, ce qui, par ce beau jour d'avril, constituait une promenade agréable. Dès leur arrivée, les enfants demandèrent où était Spike Street et trouvèrent sans mal cette rue paisible, aboutissant à la rivière. Wilfrid habitait le numéro 82, tout au bout, presque au bord de l'eau.

Les Cinq mirent pied à terre.

« Laissons nos vélos contre ce mur, proposa Fatty et donnons un coup d'œil dans les parages. Avec un peu de chance, nous apercevrons Wilfrid. »

Mais son entreprise fut vouée à l'échec. Les cinq amis s'éloignèrent, longeant un petit chemin qui serpentait en bordure de la rivière. Soudain, Fatty poussa Daisy du coude. Un canot était amarré non loin de là. A bord, un jeune homme, le visage sévère, était plongé dans la lecture d'un magazine. Il portait des vêtements élégants — pull-over jaune et pantalon gris.

«C'est Wilfrid, souffla Fatty. Allons lui dire bonjour au passage. Nous ferons semblant d'être étonnés de le rencontrer : ce sera un moyen d'engager la conversation. N'oubliez pas : nous sommes venus à Marlow pour une promenade...»

Mais déjà Wilfrid avait aperçu les Détectives. Se redressant sur son banc, il les regarda approcher.

« Tiens, tiens ! lança-t-il. Il me semble vous avoir déjà vus. Ce n'est pas vous qui êtes accourus aux cris de mon grand-oncle, l'autre matin ?

— Mais si ! répondit Fatty en feignant la surprise. Et vous êtes monsieur Wilfrid, il me semble. C'est amusant de vous rencontrer ici. Mes camarades et moi, nous avons profité de cette merveilleuse journée pour une promenade à bicyclette.

— Vous n'auriez pas rencontré, par hasard, un gros policeman ? demanda Wilfrid. Il est venu de Peterswood pour me poser un tas de questions. A l'entendre, on pourrait croire que c'est moi, le voleur de mon pauvre oncle !

— Ah ! M. Groddy est donc dans les parages ! dit Fatty. Nous aussi nous le trouvons un peu bête ! Vraiment penser que vous êtes le voleur ! Où a-t-il la tête ? Cela dit, je me demande qui a fait le coup !

— Hé, hé ! s'exclama Wilfrid, comme quelqu'un qui sait mais ne veut pas parler.

— Expliquez-vous !

— Oh, rien... Le matin du vol, quantité de gens se sont rendus à *Green Cottage* : le coupable est certainement dans le lot.

— C'est à peu près sûr, admit Fatty. Il est d'ailleurs curieux que votre grand-oncle ait eu autant de visites cette matinée. Cependant sa petite-fille est restée longtemps auprès de lui. Elle a fait du ménage et du repassage, entre autres. Sa présence permettra sans doute de disculper une partie des suspects.

— Oui. Et je suis le premier à bénéficier de son témoignage. Elle était là lorsque je suis passé. Je n'ai guère fait qu'entrer et sortir, du reste. Pour vous avouer la vérité, Mary Ann et moi avons beau être cousins, nous ne nous entendons pas très bien. Figurez-vous que, l'autre jour, elle voulait que je l'aide! Moi! Vous vous rendez compte! Elle aurait aimé que j'attende la fin du repassage pour remettre les rideaux en place. Merci bien! J'avais autre chose à faire et je me suis dépêché de filer.

— Sa parole suffira à vous innocenter, en effet, déclara Fatty. De même, elle innocentera tous les autres suspects, à l'exception peut-être du docteur Holroyd. Mais je crois hors de question de soupçonner ce médecin.

— Auriez-vous dressé une liste des suspects, par hasard? Vous semblez bien informé!» s'exclama Wilfrid d'un air étonné.

Fatty sourit. Tirant sa liste de sa poche, il la tendit au jeune homme.

« Regardez !

— Si je m'attendais à ça ! lança Wilfrid. Nous sommes six. Mais quatre noms sont barrés : il ne reste plus que Mary Ann et moi.

— Oui. Cependant, puisque Mary Ann peut répondre de vous, on peut aussi vous rayer de la liste. Peut-être M. Groddy l'a-t-il déjà fait, s'il a rencontré votre cousine.

— Je ne pense pas qu'il l'ait vue. C'est moi qui ai appris au policeman qu'elle devait s'absenter pour la journée. Dites donc, si vous me rayez de la liste il ne reste plus qu'une seule personne.

— Une seule, répéta Fatty en fixant Wilfrid, penché sur la liste... Au fait, saviez-vous où votre grand-oncle cachait son argent ? »

Wilfrid parut fâché.

« Bien sûr que non ! Il n'a jamais voulu me le dire. S'il l'avait fait, je crois que j'aurais pris cet argent pour le lui placer à la banque. Trop tard ! Quelqu'un l'a volé.

— Et vous pensez savoir qui ?

— Je ne pourrais pas le jurer, répondit Wilfrid après une hésitation, mais... je n'en dirai pas davantage. Vous n'êtes que des gosses et vous pourriez faire du gâchis...

— Peut-être que oui, peut-être que non!» répliqua Fatty qui commençait à éprouver une forte antipathie pour son interlocuteur.

Il était évident que le jeune homme soupçonnait sa cousine. De leur côté, les Détectives sentaient que, si Wilfrid avait pu mettre la main sur l'argent du vieux Collins, il ne s'en serait pas privé.

«Nous allons vous quitter, décida Fatty après un bref coup d'œil à sa montre. Bon après-midi!»

Les enfants reprirent leurs bicyclettes au passage et se rendirent dans une pâtisserie qu'ils connaissaient. A l'intérieur, personne, car il était encore tôt. Une fois installés, les Détectives échangèrent leurs impressions à voix basse.

«A mon avis, Wilfrid est innocent, commença Daisy. Sa cousine et lui ne s'entendent pas. S'il avait volé l'argent sous les yeux de Mary Ann, elle l'aurait accusé.

— Il faut donc le rayer de la liste, soupira Pip.

— Ne reste alors que Mary Ann, constata Fatty. Dès que nous aurons goûté, nous essaierons de la voir... bien que Wilfrid nous ait avertis qu'elle était absente. Sait-on jamais... Ce qui me trouble, c'est le vol du mobilier la nuit dernière. Pourquoi? J'ai beau me poser et me reposer la question, j'ai l'impression de me trouver devant un casse-tête chinois! Ce n'est pas ton avis, Daisy?

— Bien sûr! Ces meubles ne valaient pas grand-chose par eux-mêmes.»

Les Cinq Détectives goûtèrent avec entrain, puis se rendirent à Long Street où Mary Ann habitait avec sa mère, dans une pension de famille. A leur coup de sonnette, une dame d'âge mûr vint ouvrir.

«Nous désirerions voir Mlle King, dit Fatty. Est-elle là?

— Je ne crois pas, mais je vais voir. Si vous voulez entrer...»

La directrice de la pension — car c'était elle — introduisit Fatty et ses amis dans un salon. Assise dans un fauteuil, une dame à cheveux blancs leur sourit.

«Il paraît que vous cherchez Mary Ann King, mes petits. Quelle fille charmante! Bonne avec sa mère, bonne pour son grand-père, bonne également pour les vieilles dames comme moi. Une perle!

— Nous avons appris qu'elle se rend souvent au chevet de son grand-père, déclara Fatty, content de recueillir quelques renseignements sur la jeune fille.

— Elle m'a dit qu'elle avait l'intention de laver et de repasser les rideaux du living-room. Vous parlez d'un travail! s'exclama la vieille dame.

— Elle l'a fait, assura Daisy, se souvenant des propos du livreur. Au fait, vous êtes au courant du vol?

— Evidemment. Mary Ann doit être dans tous ses états!»

Fatty trouvait que la directrice mettait longtemps à revenir. Les aurait-elle oubliés? Lassé d'attendre, il se faufila dans le couloir, à sa recherche. Un bruit de voix, non loin de là, derrière une porte, le guida. Ses pas étaient étouffés par l'épaisseur du tapis. Surprenant des pleurs, il écouta malgré lui.

«Je ne sais que penser au sujet de Mary Ann, murmurait une voix entrecoupée de sanglots. D'abord ce policeman venu pour lui parler..., et maintenant ces enfants. Où est-elle? Où est ma fille? Voilà deux jours qu'elle a disparu! Les gens vont croire qu'elle s'est enfuie avec l'argent... Cela ne lui ressemble guère. Mais comment le prouver? Oh, mon Dieu, j'espère qu'il ne lui est rien arrivé!»

Une seconde voix s'éleva, réconfortante.

«Allons, allons! Ne vous tourmentez pas. Mary Ann serait bien incapable de voler quoi que ce soit. A mon avis, vous devriez prévenir la police de sa disparition.

— Mais je vous répète qu'on croira qu'elle est partie avec l'argent. Ce sera un scandale. Quel malheur!»

Fatty se hâta de regagner le salon sur la pointe des pieds. Il était ennuyé et très intrigué. Il ne s'attendait pas à apprendre que Mary Ann avait disparu. Où était-elle allée? Etait-il possible qu'elle ait volé l'argent? Tout le monde semblait dire le plus grand bien d'elle, et pourtant... Pourquoi était-elle partie?

«Je crois qu'il vaut mieux ne pas attendre plus longtemps...» dit-il en entrant. Puis se tournant vers la vieille dame : «S'il vous plaît, madame, voulez-vous avoir la bonté de nous excuser auprès de la directrice, quand elle reviendra?...»

Les autres le suivirent, dévorés de curiosité. Pourquoi battait-on si vite en retraite? Le chef des Détectives ne consentit à s'expliquer que lorsque la petite troupe, ayant quitté Marlow à coups de jarrets vigoureux, se retrouva dans la campagne. Il ordonna de mettre pied à terre.

«J'ai du nouveau! annonça-t-il quand ils furent tous assis dans l'herbe. Mary Ann a disparu.»

Et il rapporta la conversation qu'il avait surprise.

«Incroyable, murmura Larry, lorsqu'il eut terminé. Mary Ann serait la voleuse... Tout laisse à penser qu'elle s'est enfuie avec le butin. Son grand-père, qui l'aime beaucoup, aurait pu lui confier le secret de sa cachette. Qu'en penses-tu, mon vieux?»

Fatty haussa les épaules.

«Il est évident que les apparences sont contre elle. Toutefois, tant que nous ne pourrons pas l'interroger, impossible d'en savoir davantage. Nous ignorons deux choses importantes : où et pourquoi Mary Ann est partie... Et où et pourquoi le mobilier du vieux Collins a disparu!

— Rentrons. Nous ne pouvons rien faire de plus!» dit Pip avec un soupir.

Les Cinq Détectives reprirent le chemin du village. Ils étaient à la fois troublés et déçus. Bien entendu, l'explication la plus simple était peut-être la bonne : Mary Ann aurait volé l'argent de son grand-père et se serait enfuie avec!

Néanmoins... il y avait cette histoire de mobilier volatilisé. Difficile d'imaginer Mary Ann jouant au déménageur!

Décidément, plus l'enquête avançait, plus le mystère s'épaississait!

Chapitre 16

Stupéfiante découverte

Les Détectives au grand complet étaient réunis dans la remise de Fatty. Silencieux, chose rare, chez lui, il réfléchissait. Betsy posa la main sur son bras.

« Qu'as-tu, Fatty ? Tu as l'air ennuyé.

— Je suis plus intrigué qu'ennuyé, je t'assure. Je n'arrive pas à croire que Mary Ann, si dévouée pour son grand-père, ait pu le voler. Par ailleurs, je suis convaincu que, non seulement Wilfrid n'a pas l'argent, mais qu'il ignore où il se trouve.

— Et si, en dehors des six personnes de notre liste, il y en avait une septième dont nous ne savons rien? suggéra soudain Larry.

— Ce n'est pas impossible, admit Fatty. Dans ce cas, la personne en question serait entrée par l'arrière du bungalow. Henri Crozier n'aurait pu la voir de sa fenêtre.

— Vous n'avez pas envie de jouer aux cartes? demanda Pip, lassé de tous ces discours.

— Non, fais ce que tu veux, mais laisse-moi réfléchir, dit le chef des Détectives. Tout de même, si une septième personne était venue, M. Collins en aurait certainement parlé, une fois remis de ses émotions.

— En attendant, l'argent a disparu et Mary Ann aussi, grommela Larry.

— Peut-être l'argent est-il toujours à *Green Cottage,* suggéra Betsy... Dans un endroit où personne n'aura songé à regarder.

— J'ai fouillé dans tous les coins, assura Fatty. Le bungalow est minuscule, et il n'existe aucune cachette valable une fois qu'on a éliminé la cheminée et les parquets. Il n'y a là-bas pratiquement plus de meubles : dans la chambre, rien que le lit de M. Collins, une chaise et une petite table. Dans le living-room : une lampe, le poêle...

— Et les rideaux, acheva Betsy. Je suppose que les cambrioleurs les ont laissés, bien tirés devant la fenêtre, pour qu'on ne puisse pas les voir de l'extérieur pendant qu'ils opéraient.

— Oh! Jouons donc! insista encore Pip. Il y a quelque chose qui nous échappe dans tout cela et nous n'en viendrons jamais à bout.»

Fatty finit par s'avouer momentanément vaincu et s'inclina. Il passèrent la fin de l'après-midi à jouer aux cartes. Lorsque ses amis décidèrent de rentrer chez eux, Fatty les raccompagna, avec Foxy, bien sûr. La soirée était douce, et le ciel dégagé laissait espérer un beau temps pour le lendemain.

Soudain, à un tournant, ils se heurtèrent à une silhouette massive.

«Hé! lança une voix familière. Vous ne pouvez pas faire attention? Allez, ouste, dégagez!

— Pardon, monsieur Groddy! s'excusa Fatty. Vous vous promenez, vous aussi? Et ce mystère? Vous avez la solution?

— Bien entendu, répliqua le père Ouste en bombant le torse. La solution était aussi visible que le nez au milieu de la figure. J'ai démasqué le voleur : Mary Ann, la petite-fille du vieux monsieur!»

Fatty s'immobilisa, frappé de stupeur.

«Ce n'est pas possible! C'est elle qui a pris l'argent? Vous en êtes sûr?

— Si vous voulez des détails, lisez les journaux demain matin, conseilla le gros policeman, rayonnant de satisfaction. Vous vous croyiez très malin, pas vrai? Eh bien, il faudra réviser ce jugement. Ha, ha, ha!

— A-t-on retrouvé l'argent? demanda le chef des Détectives en reprenant ses esprits.

— Ça ne vous regarde pas. Dites donc, au fait... Sauriez-vous par hasard quelque chose au sujet de la diseuse de bonne aventure qui a lu dans ma main?»

Le policeman était soudain devenu menaçant et, apeurée, Betsy se cacha derrière Larry.

«Voyons, voyons! De quelle diseuse de bonne aventure s'agit-il au juste?» demanda Fatty sans se démonter, comme si les voyantes étaient légion, à Peterswood.

Le père Ouste poussa un grognement sourd.

«Espèce de malappris! maugréa-t-il. Je commence à en avoir assez. Un jour ou l'autre, ça finira mal. En attendant, lisez les journaux, je vous le répète.»

Et, tournant brusquement les talons, il s'éloigna.

«J'ai l'impression qu'il sait quelque chose que nous ignorons, dit Fatty. Je me demande comment je vais pouvoir attendre jusqu'à demain !»

Le lendemain, Fatty se leva très tôt et descendit avant ses parents dans la salle à manger. Le journal était déjà arrivé, aussi s'empressa-t-il de le déplier. Un titre s'étalait, bien en vue :

«*Du nouveau dans le mystère de l'allée des Houx.*»

L'article qui lui faisait suite rappelait l'affaire : disparition de l'argent, disparition du mobilier, enfin, disparition de Mary Ann. Il ne précisait pas que la jeune fille s'était emparée de l'argent, mais c'était sous-entendu.

«Je suppose que tout le pays est à la recherche de Mary Ann, songea Fatty. Chacun va s'ingénier à la dépister. Sa mère a dû finir par faire une déclaration à la police... A moins que Groddy ne lui ait arraché une confession. Comment se fait-il que je n'aie encore rien pu démêler dans cette affaire ? Je sens qu'un détail m'échappe... un détail qui me permettrait d'y voir enfin clair...»

Repliant le journal, Fatty se mit à réfléchir.

«Je vais aller à *Green Cottage*, décida-t-il. Pour la dernière fois... Sur place, il me viendra peut-être quelque brillante idée ! Je demanderai à Henri Crozier de me confier la clé du bungalow pendant quelques instants. »

Il prit sa bicyclette, et en route pour l'allée des Houx !

« Le pauvre vieux est parti à Marlow, lui déclara le jeune homme. On est venu le chercher hier soir.

— Je suppose qu'il n'a pas dû être content, en apprenant que Mary Ann n'était pas là-bas pour l'accueillir...

— Non, bien sûr ! Pendant que j'y pense, Frederick... Savez-vous que M. Collins m'a fait une confidence ? Il paraît qu'il aurait révélé à sa petite-fille le secret de sa cachette, en exigeant qu'elle n'en parle à personne. »

La nouvelle parut affliger Fatty.

« Il semble donc bien qu'elle ait été la seule au courant... Toutes les apparences sont contre elle, décidément. Au fond, si c'est elle la voleuse, elle mérite ce qui va lui arriver... Pouvez-vous me prêter la clé une minute, monsieur Crozier ? Je reconnais volontiers que je suis battu... mais j'aimerais malgré tout jeter un coup d'œil sur le "lieu du crime", comme disent les journaux. »

Lorsque Fatty entra dans le bungalow, les rideaux étaient tirés. Il les écarta et, aussitôt, le soleil inonda la pièce.

Soudain, une pensée traversa l'esprit du garçon. Mary Ann se serait-elle donné tant de mal à nettoyer, repasser et remettre les rideaux en place si elle avait médité un mauvais coup contre son grand-père? Et cela, le matin même? C'était peu vraisemblable!

Songeur, il se plongea dans la contemplation des rideaux verts. L'une de ses mains était encore posée sur l'ourlet qui courait du haut du rideau jusqu'au plancher. Cet ourlet semblait rigide. Machinalement, Fatty le froissa entre ses doigts.

«Tiens, comme c'est curieux! murmura-t-il. On dirait qu'il y a quelque chose à l'intérieur.»

Il approcha l'oreille, pinça l'étoffe. Stupeur! Un crissement de papier se fit entendre.

Soudain, Fatty parut transfiguré. Son visage s'éclaira.

«J'ai trouvé! s'écria-t-il en sautant comme un cabri. J'ai trouvé l'argent. Il est là, j'en suis sûr... Vite, vite que je vérifie!»

Il tira un canif de sa poche et, sectionnant les points qui maintenaient l'ourlet, le décousit. Bientôt, il découvrit un rouleau de papier très mince. Mais pas n'importe quel papier! Des billets de banque avaient été enroulés et glissés dans cette cachette. Puis un autre rouleau, et d'autres encore.

« Ainsi, voilà où Mary Ann avait dissimulé l'argent de son grand-père. Pour le protéger de Wilfrid, le misérable ayant deviné que le vieil homme conservait ses économies dans un meuble. Lors de sa visite, il avait dû presser Mary Ann de lui révéler la cachette et, comme elle repassait le linge, elle avait eu cette idée de génie. Cacher l'argent dans l'ourlet des rideaux ! »

Les deux rideaux étaient bourrés de billets. Fatty le devinait au toucher. Qu'allait-il faire de cette petite fortune ? L'emporter avec lui ? Non, elle était aussi bien à l'abri sur place !

Il quitta donc le bungalow et en ferma la porte à clé.

« J'expliquerai à M. Henri que je conserve cette clé encore un peu et je lui demanderai de surveiller la porte d'entrée de *Green Cottage*. Wilfrid doit avoir une clé, lui aussi, mais il y a peu de chance qu'il revienne ! »

Fatty rayonnait. Ainsi, il innocentait la pauvre Mary Ann. Elle avait sauvé la fortune de son grand-père sans rien lui dire de peur que Wilfrid n'arrive à faire parler le vieillard. Plus Fatty y réfléchissait, et plus il était convaincu que c'était le neveu lui-

même qui avait déménagé le mobilier de son oncle. Sans doute parce qu'il croyait y découvrir l'argent qu'il convoitait. Mais une question le tourmentait : pourquoi Mary Ann avait-elle disparu?

Les morceaux du puzzle commençaient à s'ajuster. Retrouver Mary Ann... ou les meubles! Voilà qui serait formidable. Peut-être Wilfrid n'avait-il pas encore déchargé son camion. Et où s'était-il procuré le véhicule?

Soudain une pensée vint à l'esprit de Fatty. Si les parents de Wilfrid possédaient une entreprise de déménagement? Voilà qui aurait facilité les choses à cet individu peu scrupuleux! C'était là un point qu'il fallait éclaircir au plus vite.

Fatty rentra chez lui à toute allure. Il se sentait des ailes. Il pouvait encore battre le père Ouste et résoudre l'énigme avant que la pauvre Mary Ann ne soit arrêtée!

Chapitre 17

Dans la nuit

En arrivant chez lui, Fatty se précipita sur l'Annuaire du téléphone. Vite! Les pages concernant les entreprises de déménagement. Les parents de Wilfrid dirigeaient-ils une affaire de ce genre? Certainement! Fatty en avait la conviction. Le nom de famille de Wilfrid était Foil. Il s'agissait de parcourir toute la liste des Foil habitant Marlow...

Hélas! Pas un seul n'exerçait le métier de déménageur. Fatty se sentit affreusement déçu.

« Je vais reprendre cette liste et passer en revue les professions exercées par tous ces gens... Alec Foil, dentiste ; Bertram Foil, épicier ; Claude Foil, médecin ; Edward Foil, écuries du château... Hé ! hé, écuries du château ! Voilà qui était intéressant ! Qui dit écuries dit chevaux, et qui dit chevaux dit vans pour les transporter. Or, un van ressemble assez à un camion de déménagement... »

Là-dessus, le chef des Détectives entraîna Foxy dans une poursuite échevelée autour du hall. Le petit chien se mit à aboyer de joie. Attirée par le bruit, Mme Trotteville vint voir ce qui se passait.

« Frederick ! En voilà des façons ! Je reçois quelques dames au salon, et c'est l'instant que tu choisis pour jouer au Peau Rouge !

— Ma petite maman, excuse-moi, je t'en prie, mais je viens de faire une grande découverte, et il fallait que je fête l'événement à ma manière.

— Eh bien, va donc le fêter dans ta remise. Et n'oublie pas que ton grand-père arrive par le train de onze heures et demie. Tu iras l'accueillir à la gare. »

Fatty considéra sa mère d'un air effaré.

« Sapristi ! murmura-t-il. Grand-père... je l'avais complètement oublié. Oh, maman !

Je ne peux pas aller l'attendre. Je regrette, mais...

— Il faut que tu y ailles! coupa sèchement Mme Trotteville.

— Je t'assure, maman... J'ai quelque chose de très important à régler. Imprévu. Quelque chose qui ne peut pas attendre.

— Ça attendra! décida Mme Trotteville d'une voix autoritaire. Ou bien, demande à Pip ou à Larry de régler cette affaire pour toi!»

Là-dessus, elle tourna les talons et alla rejoindre ses invitées.

Fatty resta un bon moment immobile au milieu du hall, à contempler Foxy. La queue basse, le chien semblait comprendre son désarroi.

«Eh bien, mon vieux, voilà mes projets à l'eau! murmura Fatty. Juste au moment où j'allais me lancer sur une piste... Edward Foil, écuries du château, à Marlow... c'est sans aucun doute l'une des pièces qui manquaient à mon puzzle! Je parie que le mobilier de M. Collins se trouve dans un van... Pourvu que personne ne l'y découvre avant moi! Et quel choc, pour Ouste, si je lui livre à la fois l'argent et les meubles!»

Allait-il téléphoner à Larry et à Pip pour les mettre au courant et les charger de la démarche à Marlow? Non, finalement. Car s'ils rôdaient autour des vans des écuries du château, ils risqueraient d'être repérés, et tout serait gâché. Mieux valait attendre et agir dans la soirée.

Aussi, Fatty se rendit-il à la gare pour y accueillir son grand-père. Le vieux monsieur fut charmé de retrouver son petit-fils et passa une journée très agréable en sa compagnie.

Il repartit par le train de six heures... Aussitôt, Fatty se précipita chez Pip et Betsy. A son grand contentement, il y trouva Larry et Daisy.

« Oh, Fatty! s'écria Betsy en le voyant. Tu as l'air très joyeux. Tu as du nouveau?

— Et comment!» répondit Fatty, tout excité.

Et il raconta. Sa découverte des billets, dans les ourlets des rideaux, sa recherche dans l'annuaire, son intention d'aller à Marlow, ce soir, ses espoirs d'y trouver un van plein de meubles...

— Je t'accompagne, proposa aussitôt Larry.

— Oui. Tu peux venir, et Pip aussi. »

Peu après le repas du soir, les trois garçons partirent à bicyclette pour Marlow. Une vingtaine de minutes plus tard, ils mettaient pied à terre à proximité du château. Abandonnant leurs vélos, ils avancèrent à tâtons dans l'obscurité pour ne pas se faire repérer. Soudain, un cheval hennit.

« Ce sont les écuries, chuchota Fatty. Pas de bruit, surtout. Ma parole, toutes les portes sont bouclées ! Je me demande où ils rangent leurs vans.

— Essayons le sentier, proposa Pip en désignant une porte assez large. Nous trouverons peut-être ce que nous cherchons. »

Fatty s'engagea dans le sentier.

« Regardez ! s'écria-t-il au bout de quelques instants, comme la lune venait de sortir de derrière un nuage. Vous voyez ces marques de pneus neufs ? Elles ressemblent à celles que j'ai relevées dans l'allée des Houx. Tu les reconnais, Larry ? C'est toi qui les as reproduites.

— Tout à fait, dit Larry. Le van utilisé par Wilfrid pour déménager les meubles de son grand-oncle est certainement passé par là. Continuons ! »

Le sentier aboutissait à un champ qui, visiblement, faisait office de parc à voitures. Sans doute le pays était-il sûr : aucun gardien ne veillait sur les vans. Les garçons s'approchèrent des véhicules pour les passer en revue. Il y en avait quatre. Aucun n'était fermé à clef. Mais, à l'exception de quelques poignées de paille éparse sur le plancher, tous étaient désespérément vides.

«Zut! s'exclama Fatty. Quelle déveine!
— Attends un peu, chuchota Larry. Ces vans ont des pneus usagés. Sans doute Wilfrid a-t-il caché celui dont il s'est servi, équipé de pneus neufs. Cherchons plus loin...»

Au-delà du champ s'élevait un petit bois, d'accès assez difficile. Les trois Détectives l'atteignirent non sans mal en avançant dans les ronces. Mais là, ils furent récompensés de leur peine : au centre d'une clairière, ils découvrirent un van. Celui qu'ils cherchaient, comme en témoignaient ses pneus neufs. Fatty réprima un cri de joie.

« La couleur correspond aussi ! Il est marron... et cette aile-là porte des traces d'éraflure. C'est gagné, mes amis ! »

Contrairement aux autres, le véhicule était fermé à clé.

« Fais-moi la courte échelle, Larry, ordonna Fatty. Je vais essayer de regarder par cette petite fenêtre... Passe-moi ma lampe, Pip », dit-il ensuite.

En équilibre, le garçon regarda à l'intérieur du camion.

« Les meubles sont dedans. Mais... »

Avant qu'il ait pu en dire davantage, une voix angoissée sortit du van : « Qui est là ? A l'aide ! Délivrez-moi ! »

Sous le coup de l'émotion, Fatty dégringola à terre. L'appel retentit de nouveau : « Au secours ! Au secours ! »

« C'est Mary Ann ! » déclara Fatty, frappé de stupeur.

Chapitre 18
De surprise en surprise

« Mademoiselle, n'ayez pas peur ! souffla Fatty. Nous allons venir à votre secours.
— Qui êtes-vous ? demanda en tremblant la prisonnière.
— Trois garçons. Et vous, vous êtes bien Mary Ann King, n'est-ce pas ?
— Oui... mais comment le savez-vous ?... C'est Wilfrid, le misérable, qui m'a enfermée. Pouvez-vous me délivrer ?
— Nous allons essayer de forcer la porte, dit Fatty. Ne vous inquiétez pas, nous finirons par vous tirer de là ! »

Tout en parlant, il avait sorti de sa poche une trousse de cuir contenant quelques petits outils. Il choisit un crochet et l'introduisit dans la serrure. Le bruit d'un déclic. Fatty tourna la poignée et la porte s'ouvrit. Une jeune fille pâle, souriant à travers ses larmes, sauta vivement à terre.

«Oh, merci! s'écria-t-elle. Vous m'avez sauvée! Qu'est-ce qui vous a donné l'idée de venir ici?

— C'est une longue histoire, répondit le chef des Détectives. Voulez-vous que nous vous ramenions auprès de votre mère? Elle est dans une terrible inquiétude. Avez-vous mangé? J'espère que Wilfrid ne vous laissait pas mourir de faim?

— Non. Il a apporté des provisions. Mais je n'avais pas le cœur à manger. Vous savez, je n'ai jamais beaucoup aimé mon cousin, pourtant, je ne l'aurais pas cru capable d'une action aussi basse? C'est un monstre!

— Tout à fait de votre avis! J'imagine qu'il ne vous harcelait que pour savoir où votre grand-père cachait ses économies?

— Oui... Mon cousin s'était endetté, et il avait supplié grand-père de lui prêter de l'argent. Celui-ci avait refusé. Furieux, Wilfrid m'a alors demandé où il gardait ses économies.

— Et le saviez-vous? demanda Fatty.

— Grand-père m'avait confié son secret quelques jours plus tôt. Remarquez que je soupçonnais déjà où se trouvait la cachette. J'avais vu bon-papa palper le dessous d'une chaise alors qu'il me croyait absente de la pièce. Bien entendu, je n'en avais soufflé mot à personne.

— Le matin où vous avez nettoyé les rideaux, Wilfrid n'est pas revenu à la charge pour vous faire dire où était l'argent?

— C'est vrai. Je lui ai répondu que je connaissais la cachette mais que je ne la lui révélerais à aucun prix. Il m'a assuré qu'il n'emprunterait qu'une petite somme, pour la restituer le plus tôt possible. Mais je sais ce que vaut Wilfrid : il n'aurait jamais rendu un penny!

— Très intéressant! murmura Fatty.

— Le matin en question, poursuivit Mary Ann, nous avons eu une nouvelle discussion : "Bon, s'est-il écrié, puisque tu t'obstines à te taire, je reviendrai quand tu seras partie. Je chercherai cet argent et je le trouverai, même si je dois tout démolir ici!" J'ai eu très peur car je sentais bien qu'il ne s'agissait pas d'une simple boutade.

— Alors, acheva Fatty, vous avez eu

l'astuce de coudre les billets de banque dans les ourlets des rideaux ! »

Mary Ann eut un cri étouffé.

« C'est incroyable ! Comment le savez-vous ?... Wilfrid n'a tout de même pas trouvé ma cachette ? Oh ! Je n'ai cessé de me tracasser, depuis que je suis enfermée ici. Je voulais prévenir bon-papa de ne pas se tourmenter s'il s'apercevait que son argent avait disparu, mais je n'en ai pas eu l'occasion. »

Fatty se hâta de rassurer la jeune fille.

« Tout va très bien. Les billets de banque sont toujours là où vous les avez mis. Et je vous félicite d'avoir imaginé cette ingénieuse cachette... Dites-moi, pourquoi Wilfrid a-t-il déménagé le mobilier ?

— Au cours de l'après-midi de ce même jour, mon cousin m'a rendu visite chez moi. Il m'a appris qu'il venait de *Green Cottage* où bon-papa ne cessait de gémir parce qu'on lui avait volé son argent. Cet argent, Wilfrid m'a accusée de l'avoir volé. Il m'a assuré qu'il me dénoncerait à la police si je ne partageais pas avec lui...

— Quel sympathique personnage ! grommela Fatty.

— Je lui ai donné ma parole que je n'avais pas pris l'argent. Dans mon émotion, j'ai sans doute été trop bavarde, car j'ai précisé que les économies de grand-père se trouvaient toujours à *Green Cottage,* dans le living-room, en un endroit qu'il ne découvrirait jamais. J'ai même eu l'imprudence de dire que je retournerais là-bas le lendemain pour prendre le magot et le porter à la banque.

— Je vois... Wilfrid a compris qu'il y avait urgence. Il a sorti un van au beau milieu de la nuit et il s'est hâté de déménager tous les meubles de son grand-oncle. Il les examinerait à loisir et mettrait enfin la main sur l'argent convoité.

— Oui. Cependant, il en a été quitte pour sa peine. Il n'a rien trouvé, puisque les billets étaient cousus dans les rideaux et qu'il n'a pas songé à les décrocher. Sa colère a été aussi terrible que sa déconvenue. Sa dernière chance était de me forcer à parler. Aussi il est venu me voir une fois de plus et, par traîtrise, m'a entraînée jusqu'ici. Il m'a poussée dans ce camion et m'y a enfermée.

— Quelles étaient ses intentions au juste ?

— Je crois qu'il voulait m'effrayer, en me gardant prisonnière jusqu'à ce que je parle. Il était comme fou. Il disait que, si vraiment l'argent était encore dans un meuble, je n'avais qu'à lui donner le renseignement. Ou encore que, si j'avais menti, il ne me restait qu'à lui avouer où je l'avais dissimulé chez moi. Depuis que je suis ici, il vient deux fois par jour me poser les mêmes questions.

— Allons, Mary Ann, le danger est passé! murmura gentiment Fatty. Tout va bien désormais. Nous allons vous ramener chez vous. Et demain, nous nous expliquerons avec ce cher Wilfrid. Voulez-vous nous rejoindre à *Green Cottage* à dix heures et demie? Nous serons tous là et vous pourrez récupérer les économies de votre grand-père.

— Oh, oui! Je dois le faire! s'écria Mary Ann avec élan. Mais je me demande encore comment vous pouvez savoir tant de choses. C'est bizarre de voir trois garçons comme vous ici, en pleine nuit, au courant de cette affaire.

— Venez, dit Fatty. Tout en marchant, je vous expliquerai... Larry, s'il te plaît, veux-tu relever le numéro de ce camion avant de partir?»

Les trois Détectives escortèrent Mary Ann jusqu'à l'endroit où ils avaient laissé leurs bicyclettes. A voix basse, Fatty résuma toute l'histoire à la jeune fille, qui n'en revenait pas.

«Pauvre bon-papa! soupira-t-elle à la fin. Il a dû être affreusement bouleversé. Mais, il se sentira mieux lorsqu'on lui aura rendu ses précieuses économies. Je trouve extraordinaire que trois jeunes garçons comme vous ayez pu démêler ce mystère si compliqué. Vous avez été plus malins que la police.»

Les trois Détectives conduisirent Mary Ann jusqu'à sa porte.

«Il est moins tard que je ne pensais, annonça Fatty après avoir consulté sa montre. Pas tout à fait onze heures. Regardez, Mary Ann. Il y a encore de la lumière à cette fenêtre. Voulez-vous que je sonne?

— Non, merci. Je vais rentrer sans bruit par la petite porte. Je désire faire une surprise à maman. Comme elle sera heureuse de me revoir!»

Dans un élan affectueux, la jeune fille embrassa Fatty sur les deux joues.

«Vous êtes un garçon merveilleux! s'exclama-t-elle avec, pour la première fois, un radieux sourire. Je ne sais comment vous remercier tous les trois! Alors, entendu pour demain! Je serai à *Green Cottage* à dix heures et demie précises. Et j'aurai soin d'apporter une paire de ciseaux pour découdre les ourlets des rideaux!»

Toujours souriante, elle disparut. Lorsqu'elle eut refermé doucement la porte derrière elle, le trio remonta à bicyclette.

«Bon travail, qu'en pensez-vous? demanda le chef des Détectives.

— Ça, tu peux le dire! s'exclama Larry. J'ai eu vraiment peur, lorsque j'ai entendu la voix de Mary Ann sortir du camion. Si tu as dégringolé, mon vieux, je crois que c'est parce que j'ai flanché. J'espère que tu ne t'es pas fait de bosse?

— Non, non. Tout va bien. Ma parole, quelle soirée! Qui se serait imaginé que Wilfrid séquestrait ainsi sa cousine! Il doit avoir un besoin d'argent pressant pour en arriver à pareille extrémité. D'ici peu, il va se trouver dans un beau pétrin.

— Bien fait pour lui! remarqua Pip. Il le mérite. Quand on pense à la manière dont il a traité Mary Ann... une si chic fille!»

Tout en bavardant, les trois garçons pédalaient de bon cœur. Pip n'était pas très rassuré. Quel accueil allaient lui réserver ses parents, s'ils s'étaient aperçus de sa disparition? Larry se tracassait aussi.

«Tu as de la chance, Fatty, dit-il tout haut, de disposer d'une aussi grande liberté.

— Bah! répliqua Fatty. Si vos parents vous grondent, vous n'aurez qu'à déclarer qu'un événement imprévu mais très important vous a obligés à rester dehors plus tard que prévu. Promettez-leur que vous leur direz tout dès demain.

— Hum!... Que vas-tu faire maintenant, Fatty? demanda Pip. Attends. Je parie que je sais... Tu vas téléphoner à l'inspecteur Jenks!

— Tout juste! s'exclama Fatty en riant. Allons, nous voici arrivés. Je vous quitte. A demain matin, à *Green Cottage,* n'oubliez pas. Amenez les filles avec vous.»

Lorsque Fatty rentra chez lui, ses parents étaient au salon, occupés à jouer au bridge avec quelques amis. Il se faufila au premier étage où était installé un second poste de téléphone.

Bien entendu, à cette heure tardive, l'inspecteur Jenks ne se trouvait plus au commissariat. Fatty insista donc pour obtenir son numéro personnel, et appela aussitôt.

«Allô! Qui est à l'appareil?

— Frederick Trotteville, répondit Fatty. Excusez-moi de vous déranger à une heure pareille, mais j'espère que vous me pardonnerez lorsque vous saurez de quoi il s'agit.

— Je vous écoute, Frederick.

— Je crois avoir débrouillé l'énigme de l'allée des Houx, inspecteur! annonça Fatty. L'affaire de *Green Cottage,* si vous préférez.

— *Green Cottage?* On a volé les économies d'un vieil homme, puis on a déménagé son mobilier. Enfin, sa petite-fille a disparu. C'est cela?

— Tout à fait exact, inspecteur...»

Et Fatty raconta toute l'histoire.

A la fin, l'inspecteur, très satisfait, lui promit de venir le lendemain à *Green Cottage* à dix heures.

«M. Groddy y sera, lui aussi, j'espère? demanda malicieusement Fatty.

— Bien sûr. Je vais le convoquer, répliqua Jenks sur le même ton. Frederick, je me demande pourquoi nous ne vous confions pas les affaires locales : vous les débrouilleriez avec talent! Au fait, comment vont les autres détectives? Ils vous ont aidé dans votre enquête, je suppose?

— Evidemment. Ils seront heureux de vous rencontrer. A demain donc. Et bonne nuit!»

Après avoir raccroché, Fatty se frotta les mains. Il était content de lui. Tout marchait à merveille. Il s'apprêtait à danser de joie quand il se rappela que ses parents jouaient au bridge, au-dessous de lui.

Alors, comme il avait absolument besoin de se détendre, il emmena Foxy, ravi, faire une longue promenade.

Chapitre 19

Le triomphe des Cinq Détectives

Le lendemain matin, *Green Cottage* fut le lieu de rassemblement de nombreux visiteurs.

Fatty, Larry, Daisy, Pip et Betsy s'engagèrent les premiers dans l'allée des Houx. Surexcités, ils bavardaient à qui mieux mieux. Betsy et Daisy avaient été enchantées d'apprendre par leurs frères, la veille au soir, la manière dont la situation avait évolué.

Devant le bungalow du vieux Collins, Fatty tira la clef de sa poche et ouvrit la porte d'entrée. Ayant aperçu les enfants de sa fenêtre, Henri Crozier s'empressa de les rejoindre.

«Bonjour! lança-t-il aimablement. Comme vous ne m'avez pas rendu la clef, Frederick, j'ai été un peu ennuyé car ce jeune homme.... Comment l'appelez-vous au fait?... Ah, oui! Wilfrid... Ce jeune homme, donc, est venu me la réclamer, ayant oublié la sienne. Il a été très contrarié que je ne puisse pas la lui remettre : il voulait vérifier que tout était en ordre chez son oncle.

— Tiens, tiens! Ainsi, il est revenu! murmura Fatty. Sans doute désirait-il fouiller encore un peu, ajouta-t-il si bas qu'Henri n'entendit pas.

— Il m'a déclaré qu'il reviendrait bientôt, annnonça encore le Français.

— Très bien! Ça ne pouvait pas mieux tomber. Plus on est de fous, plus on rit. Restez donc avec nous, monsieur Crozier, vous n'allez pas tarder à vous amuser. Après tout, il est normal que vous assistiez à la scène finale. Vous avez été engagé dans cette affaire dès le début.

— Avec plaisir. Tiens, j'entends des pas. Qui cela peut-il être?

— Sans doute Mary Ann!» annonça Fatty en courant à la porte.

La jeune fille semblait en meilleure forme que la veille. Elle sourit à la ronde, puis, soudain, remarqua la pièce vide.

«Le living-room paraît drôle sans les meubles!» s'exclama-t-elle.

Ses yeux se posèrent sur les rideaux. Elle allongea le bras et palpa l'un des ourlets. Fatty lui adressa un clin d'œil complice.

«Beaux ourlets, n'est-ce pas? souffla-t-il. Mary Ann, voudriez-vous avoir la gentillesse d'aller vous asseoir dans la chambre de derrière jusqu'à ce que je vous fasse signe? Je voudrais obtenir, grâce à vous, un effet de... heu... surprise... un coup de théâtre, si vous préférez.

— Je vous obéis, dit Mary Ann en se dirigeant vers la chambre de son grand-père. Mais je laisserai la porte entrebâillée. Je veux entendre.

— Oh, Fatty! Quel metteur en scène tu fais! susurra Betsy avec un petit rire.

— C'est qu'en effet un acte va se jouer, répliqua Fatty. Ah! Voici un autre visiteur!»

Cette fois, c'était M. Groddy. Après avoir posé sa bicyclette contre la barrière du jardin, il remonta l'allée centrale. On le devinait intrigué par la convocation qu'il avait reçue. Fatty lui ouvrit la porte.

«Soyez le bienvenu, monsieur Groddy.»

Le gros policeman fronça le sourcil.

« Que faites-vous ici ? demanda-t-il. Allez, ouste ! L'inspecteur va arriver d'un instant à l'autre. Il désire m'entretenir de cette délicate affaire. J'ai apporté toutes mes notes pour la lui expliquer en détail. Dépêchez-vous de filer. Et empêchez ce chien de me flairer les mollets. Autrement, je fais un rapport sur lui.

— Couché, Foxy ! ordonna Fatty. Ma parole, monsieur Groddy ! Quelle grosse liasse de notes ! Bon travail. Vous avez définitivement éclairci le mystère ?

— Il n'y a pas de mystère, jeune homme. C'est Mary Ann qui a pris l'argent, le mobilier, et puis elle s'est enfuie. Je la rattraperai avant longtemps. Je crois savoir où elle se cache.

— En vérité ?

— Oui. Bien loin d'ici. Mais je ne vous en révélerai pas plus. Ouste ! Débarrassez-moi le plancher. L'inspecteur et moi, nous avons à parler.

— Le voici qui arrive », annonça Fatty en désignant Jenks qui remontait l'allée, suivi de deux collègues.

Betsy se précipita pour embrasser son grand ami qui la fit sauter dans ses bras.

« Bonjour, ma petite Betsy ! Je suis bien content de te voir. Bonjour, Daisy. Salut,

Larry, Pip et Frederick. Vous semblez tous en parfaite forme.»

M. Groddy intervint, espérant que l'inspecteur le débarrasserait de ces importuns.

«Je leur ai dit de s'en aller, inspecteur Jenks, mais ils s'incrustent.»

Ce dernier fit comme s'il ne l'avait pas entendu et demanda qui était Henri Crozier. Fatty procéda aux présentations. Pour se donner une contenance, Ouste froissa ses notes et toussa.

«Vous avez quelque chose à me communiquer, Groddy? demanda enfin Jenks.

— Oui. J'ai cru comprendre que vous désiriez des détails sur cette histoire de vol... Si vous vouliez bien renvoyer ces enfants...

— Bien sûr que non! Ils peuvent avoir eux aussi quelque chose d'intéressant à nous apprendre. Je pense même qu'ils en savent plus long que nous sur cette affaire!»

Le gros policeman considéra son chef avec des yeux ronds.

«Mais le problème est pratiquement résolu! s'exclama-t-il. La petite-fille de la victime est la coupable: elle s'est volatilisée en emportant l'argent et les meubles. C'est clair comme de l'eau de roche.

— Si je me fie à la rumeur publique,

Mary Ann serait au contraire une jeune personne fort honnête et toute dévouée à sa famille, objecta Jenks. Je la vois mal dépouillant son grand-père. Comment pouvez-vous être certain que c'est elle la voleuse?

— Elle n'a rien volé du tout, coupa Fatty, à la grande surprise de M. Groddy. En fait, personne n'a jamais pris cet argent!

— Ecoutez-moi ce demeuré! s'écria le policeman, hors de lui. Et où est l'argent, s'il vous plaît, puisque personne ne l'a volé?

— Mary Ann l'a caché, répondit Fatty sans se troubler. Son cousin Wilfrid risquait de se l'approprier, si elle ne le mettait à l'abri.

— Peuh! C'est une histoire à dormir debout. Je vous croirai lorsque vous m'aurez montré la cachette.

— D'accord.»

Fatty marcha droit aux rideaux, glissa deux doigts dans l'ourlet qu'il avait décousu la veille, et en retira un rouleau de billets qu'il étala devant Groddy, Jenks et Henri. Tous parurent frappés de surprise, le policeman encore plus que les autres.

«Constatez vous-même! l'invita le chef des Détectives, comme après un tour de prestidigitation. Les ourlets de ces rideaux sont bourrés de billets de banque. Merveilleuse cachette, n'est-ce pas? Rappelez-vous... Le matin du vol, Mary Ann a nettoyé et repassé ces rideaux. Avant qu'elle ait eu le temps de les remettre en place, Wilfrid est arrivé. Très en colère, il a menacé de revenir après le départ de sa cousine et de chercher partout.

— Alors, acheva l'inspecteur, comprenant soudain, Mary Ann a pris peur et a changé l'argent de cachette : elle a cousu les billets dans les rideaux. Très ingénieux, ma foi!»

M. Groddy eut du mal à avaler sa salive. «Bien joué! Bravo, Frederick! s'écria Henri Crozier. Je parie maintenant que vous allez nous révéler où se trouve le mobilier disparu...

— Peuh! fit Ouste. Ca m'étonnerait!

— Vous dites? murmura Jenks en se tournant vers lui. Vous êtes peut-être vous-même en mesure de nous indiquer où sont ces meubles?

— Heu... non. Et personne ne le sait! lança le policeman, hors de lui. Personne ne les a vus partir, personne ne sait qui les a emportés, personne ne sait où ils sont. Je les ai cherchés partout.

— Frederick, demanda l'inspecteur, avez-vous une idée sur la question?

— Certainement. Wilfrid et un complice sont venus à *Green Cottage,* cette nuit-là, et ont déménagé les meubles de cette pièce.

— Peuh! répéta Ouste. A vous entendre, on penserait que vous y étiez.

— Eh bien, j'y étais effectivement, avoua le chef des Détectives. Le mobilier a été emporté dans un van. Tu as le numéro, Larry?... OKX 143... Il s'y trouve encore, du reste. Quant au van lui-même, on l'a camouflé au cœur d'un bouquet d'arbres, sur la colline de Marlow, à deux pas des écuries du château que dirige le père de Wilfrid. Je peux vous y conduire quand vous voudrez, monsieur Groddy. »

Le policeman ne voulut pas encore s'avouer battu.

« Vous avez peut-être retrouvé l'argent,

les meubles, mais pas la fille ! s'écria-t-il d'un ton de défi. Et moi, je sais où elle se cache.

— Félicitations, monsieur Groddy, dit Fatty. Révélez-moi cette cachette, et je vous confierai en retour où je pense, moi, pouvoir dénicher Mary Ann.

— J'ai obtenu des informations selon lesquelles la coupable serait en Irlande ! déclara le policeman avec importance.

— Et moi, mon petit doigt me souffle qu'elle est dans la pièce voisine, répliqua Fatty en souriant... Mary Ann ! ajouta-t-il en élevant la voix. Voulez-vous venir, je vous prie. »

Alors, à l'immense surprise du père Ouste, la jeune fille surgit comme par enchantement. Jenks poussa une exclamation puis éclata de rire en clignant de l'œil vers ses collègues.

« Excellente mise en scène ! »

Les deux inspecteurs en civil sourirent, et approuvèrent d'un signe de tête. Jenks s'approcha de Mary Ann pour lui poser quelques questions. Où se trouvait-elle depuis sa disparition ? Pourquoi Wilfrid l'avait-il enlevée ?... Au fur et à mesure, il inscrivait les réponses sur son calepin. M. Groddy écoutait, bouche bée.

« Si je comprends bien, dit enfin l'inspecteur, Frederick, Larry et Pip vous ont délivrée, hier soir, en forçant la porte d'un van dans lequel votre cousin vous retenait prisonnière?

— Oui, c'est bien cela.

— En somme, il ne manque plus que ce cher Wilfrid pour compléter notre petite réunion! Malgré toute votre habileté, Frederick, je ne pense pas que vous puissiez le tirer de votre poche comme un prestidigitateur sortirait un lapin de son chapeau?

— Presque, inspecteur! lança joyeusement Fatty qui venait de regarder par la fenêtre. Dans deux secondes, le coupable franchira cette porte!»

En effet, Wilfrid avait choisi cet instant précis pour revenir... et reprendre ses recherches. Apercevant la porte entrouverte, il en franchit le seuil, l'air inquiet. Que se passait-il donc?

«Oh! souffla-t-il en voyant tout ce monde. Qu'est-ce que cela signifie?»

Soudain, il s'avisa de la présence de Mary Ann et devint blême.

«Mary Ann! Que fais-tu là?

— Tu t'imaginais sans doute que je continuais à me morfondre dans le camion où tu m'avais enfermée! Eh bien, tu te trompais. On m'a délivrée et je suis venue ici pour reprendre l'argent de bon-papa. Regarde. Il était dissimulé dans l'ourlet de

ces rideaux. Tu n'as pas été très malin, mon pauvre Wilfrid. A présent, il te faudra payer tes bêtises!»

Stupéfait, Wilfrid la regarda découdre les ourlets bourrés de billets de banque. Il passa une main tremblante sur son front. Puis il se précipita vers la porte pour s'enfuir. Plus rapides que lui, les inspecteurs l'agrippèrent au passage.

«Ne partez pas encore, Wilfrid, murmura Jenks d'une voix ironique. J'ai beaucoup de questions à vous poser!»

Puis, reprenant soudain son air officiel, il ordonna :

«Vous allez nous conter par le menu vos agissements de la journée du vol... et en particulier la manière dont vous avez déménagé le mobilier de votre grand-oncle. Vous, Jones, ajouta-t-il en s'adressant à l'un des inspecteurs, prenez sa déposition par écrit, s'il vous plaît. Ensuite, avec Smith, vous accompagnerez Groddy et vous enfermerez ce joli monsieur au poste.»

Quand Wilfrid, tremblant et abattu, eut fini de parler, Ouste offrait un aspect presque aussi piteux que lui. Il se montra ravi d'accompagner son prisonnier au poste, échappant ainsi au concert de louanges que son supérieur adressait aux cinq Détectives.

Les enfants et Mary Ann causèrent un moment encore avec l'inspecteur et Henri Crozier. Puis celui-ci prit congé, se déclarant enchanté du dénouement de l'affaire.

«Venez! dit alors Jenks en entraînant les Détectives et Mary Ann.

— Où allons-nous? demanda Betsy, après avoir glissé sa menotte dans la main de son grand ami.

— Ma foi, j'ai à peine déjeuné ce matin, avant de partir, et je me suis laissé dire que Peterswood possédait la meilleure pâtisserie à des kilomètres à la ronde. Je vous invite tous à vous régaler de glaces et de macarons. Qui les aime me suive!»

Personne ne se fit prier. Les enfants avaient toujours faim de bonnes choses. Mary Ann était aussi gourmande qu'eux. Quant à Foxy... il comprenait très bien qu'il aurait lui aussi sa part de friandises.

Lorsque tous se furent attablés, l'inspecteur leva sa coupe de glace.

«Au jour où Frederick deviendra mon bras droit! proclama-t-il, à l'adresse du chef des Détectives, rougissant de fierté.

— A mon futur chef, l'inspecteur Jenks!

— Aux Cinq Détectives et aux prochains mystères qu'ils débrouilleront! lança Mary Ann à son tour.

— Aux Cinq Détectives... et à leur chien! compléta Jenks en souriant.

— Ouah!» fit Foxy en frétillant.

Table

1. Le retour de Fatty 5
2. Filature et camouflage 21
3. Au rapport!.................. 35
4. Où est passé Foxy? 43
5. M. Groddy n'y comprend plus rien 50
6. Vol au bungalow 58
7. M. Groddy à l'œuvre 67
8. La promesse de Fatty 75
9. Un étrange manège 83
10. Suspects et indices 92
11. Les Détectives tiennent conseil . 100
12. Fatty enquête 110
13. Foxy fait du bon travail 121
14. Interview d'un garçon épicier... 131
15. Une disparition 139
16. Stupéfiante découverte 151
17. Dans la nuit.................. 161
18. De surprise en surprise........ 168
19. Le triomphe des Cinq Détectives 178

IMPRIMÉ EN FRANCE PAR BRODARD ET TAUPIN
Usine de La Flèche, 72200.
Dépôt légal Imp : 1059E-5 – Edit : 2391.
20-20-8350-01-9 – ISBN : 2-01-017135-7.
Loi n° 49-956 du 16 juillet 1949 sur les publications destinées à la jeunesse.
Dépôt : mai 1991.